Anton Peter

Zuckmantler Passionsspiel

Anton Peter

Zuckmantler Passionsspiel

ISBN/EAN: 9783743627314

Hergestellt in Europa, USA, Kanada, Australien, Japan

Cover: Foto ©Andreas Hilbeck / pixelio.de

Weitere Bücher finden Sie auf **www.hansebooks.com**

Zuckmantler Passionsspiel

herausgegeben und erläutert

von

Anton Peter,
Professor an dem k. k. Ober - Gymnasium in Troppau.

(Besonders abgedruckt aus dem Programme des Troppauer Ober-Gymnasiums vom Jahre 1868.)

Troppau, 1868.
Otto Schüler's Buchhandlung (Friedrich Bergmann) in Commission.

Druck von Alf. Trassler in Troppau.

Berichtigungen:

Seite 7, Zeile 4 von unten lies „de resurrectione" statt „de rerurrectione"

„ 25, An. zu V. 232, „ vgl. noch „ vgl. nach

„ 27, V. 291, „ geh'n, „ geh'n.

„ 30, V. 303, „ erkennet, „ an'rkennet,

„ 30, An. zu V. 372, „ Vorhölle. „ Hölle.

Zuckmantler Passionsspiel.

Wie jede Kunst (Architektur, Sculptur, Malerei) bei allen Kulturvölkern ihren Ausgang von religiösen Bedürfnissen genommen, so auch die Schauspielkunst der Deutschen. Die hohen Festzeiten, Weihnachten, heilig Dreikönig, Ostern waren es insbesondere, die dramatische Darstellungen hervorriefen.

Die Zeit von Weihnachten bis heilig Dreikönig — die zwölf Nächte oder die Zwölften genannt — galt schon dem germanischen Heidenthum als eine bedeutungsvolle, als die heiligste Zeit des Jahres. Die Macht der unseligen Geister, die in den vorangegangenen Wochen gewaltet, war nun gebrochen, die guten Götter, zunächst Wuotan und Holla, hielten ihre Um- und Einzüge und verbreiteten in den Wohnungen der Sterblichen allenthalben Segen und Gedeihen. Es war die Wintersonnenwende, die Wiederkehr des Lichtes, welche unsere heidnischen Vorfahren in dem Julfeste feierten. Das schöne Licht kam wieder, mit ihm die Hoffnung auf Frühling und Wärme, auf Blätter und Blüten, auf Freude und Erquickung. Dieses Freudenfest nun verherrlichte man durch allerhand Mummereien, Umzüge und Spiele, die mit dramatischen Actionen verbunden waren [1]. Auch nach der Einführung des Christenthums haftete die Erinnerung an die althergebrachten Umzüge und Bräuche dieser geheimnisvollen Zeit noch tief in den Herzen der Neubekehrten. Um diese daher in schonender Weise von ihren bisherigen Anschauungen und Gewohnheiten abzulenken, wandelte man jene heidnischen Feste und Gebräuche in christlich-kirchlichem Sinne um und brachte namentlich auch die Zwölfumzüge mit dem Christenthum in Verbindung. Auf diese Weise entstanden die bekannten Weihnachtsumzüge, die Christkindelspiele, die sich, wie in Schwaben, im Elsass, in Steiermark, Kärnten u. s. w., so auch in unserem Ländchen, theilweise in ihrer einfachen, ursprünglichen Anlage, bis auf den heutigen Tag erhalten haben, indem sie eben, ähnlich den Umzügen der heidnischen Götter, auf der mythischen Vorstellung beruhen, dass Christus, der menschgewordene Gott, von seiner jungfräulichen Mutter Maria und

---

[1] Eine ausführliche Schilderung dieser heiligsten Zeit des germanischen Heidenthums mit seinen Bräuchen und Festen enthält das Werk von K. Weinhold „Weihnachtsspiele und Lieder aus Süddeutschland und Schlesien", Graz 1855, S. 4 fl. Vgl. auch W. Mannhart, „Germanische Mythen". Berlin 1858, S. 520 ff.

1

andern heiligen Personen begleitet, Heil und Segen verleihend die Wohnungen der Sterblichen mit seiner Gegenwart beglückt [2]).

Aber auch die christlich-kirchlichen Feste, die von Weihnachten bis Ostern und Christi-Himmelfahrt die wichtigsten Geheimnisse des Christenthums feiern, insbesondere die Weihnachtsfeier selbst, diese „Wintersonnenwende aus der Finsternis des Heidenthums zum unvergänglichen Lichte des Reiches Gottes", und das Osterfest, diese Siegesfeier des Lichtes über die Finsternis, des Lebens über den Tod, gaben Anlass, für die schwer vermissten heidnischen Festspiele reichen Ersatz zu bieten, indem man bei dem gottesdienstlichen Ceremoniell dieser Festzeiten die mehr hervortretenden Begebenheiten der Festgeschichte sinnlich zu veranschaulichen suchte. Wenn beispielsweise zur Christmette in der Kirche beim Altare eine Krippe errichtet ward, ein als Engel verkleideter Knabe die Botschaft von der Geburt des Weltheilandes verkündete, die Hirten hervortraten, ein freudiges Festlied anstimmten, die Jungfrau Maria begrüssten und das göttliche Kind anbeteten [3]); oder wenn am Palmsonntage und Charfreitage die Leidensgeschichte Jesu

---

[2]) Der alte Heidengott W u o t a n ist diesen Umzügen in der Schreckgestalt des Knechtes Ruprecht (Schimmelreiter, Nickel) beigesellt. Der Name Ruprecht ist aus Hruodperaht zusammengezogen und bedeutet so viel, als der Ruhmglänzende. Nach andern, wie G. Mosen („Weihnachtsspiele im sächsischen Erzgebirge" Zwickau 1861, S. 16) und Fr. Klopfleisch („Das Weihnachtsspiel zu Gross-Löbichau bei Jena." Zeitschrift des Vereins für thüringische Geschichte und Alterthumskunde, 6. Band Jena 1865, S. 244) ist es Donar, Thörr, der als Ruprecht mitzieht. — Dass die alten Götter nach Einführung des Christenthums ihres Wesens entkleidet wurden und meist in finstere Schreckgestalten übergiengen, ist bekannt. Grimm Myth. II. S. 870. — Als eines der am besten erhaltenen Christkindelspiele kann das Pikauer Spiel im I. Bande des Volksthümlichen aus Oesterr. Schlesien (Troppau 1865, S. 439 f.) gelten. Auch das von R. Drescher in den schlesischen Provinzialblättern (Band V. S. 400 ff.) mitgetheilte Christkindelspiel aus dem Dorfe Tschechen bei Striegau in Preussisch-Schlesien zeichnet sich durch gute Erhaltung vor andern bekannten Spielen dieser Art vortheilhaft aus. Dasselbe gilt von dem Christkindelspiele im „Oppalande" von F. Kus, Wien 1836, Bd. III. S. 94 f. Ueber die Art der Darstellung der Christkindelspiele in Schlesien, die übrigens nunmehr ganz im Absterben sind, vergl. Volksthümliches aus Oesterreichisch-Schlesien, Troppau 1867, Band II. S. 275.

[3]) Ueber die altkirchliche Feier der Geburt Christi vgl. Weinhold a. a. O. S. 47. Vor wenigen Jahren noch wurden bei uns in Schlesien zur Weihnachtszeit an einzelnen Orten in einer Seitenkapelle der Kirche oder bei einem Seitenaltare, auch wol unmittelbar neben dem Hochaltare Krippen von ziemlicher Grösse, bisweilen mit lebensgrossen Figuren, errichtet, oder es wurde wenigstens eine Wiege mit dem Jesukinde, oder eine Puppe, welche das Christkind vorstellen sollte, aufgestellt. In Freibermersdorf und in anderen Orten wurden in der Christmette nach dem Evangelium der heil. Messe Hirtenlieder mit vertheilten Stimmen am Chore gesungen. Zuerst schlug die Uhr die zwölfte (die Mitternachts-) Stunde, dann blies der Nachtwächter das Horn, ein Engel sang das Gloria in excelsis etc., und nun begannen die Hirten, 4—7 an der Zahl, ihre Wechselgesänge. An den Gesängen der Hirten betheiligte sich häufig auch das versammelte Volk. In der beim Troppauer Parke gelegenen Dreifaltigkeitskirche wurde, um auch die Freude der Natur an der frohen Begebenheit anzudeuten, das Zwitschern der Vögel mit einem eigens construierten Werkzeuge nachgeahmt. In Hof, Heidenpilsch, Bautsch, Bärn, Neutitschein etc. in Mähren geschieht die Feier der Geburt Christi in ähnlicher Weise noch heutigen Tages.

3

theils in einer Art Recitativ, theils in einfachem, melodischem Wechselgesange vorgetragen wurde [4]; oder wenn bei der Feier der Auferstehung Christi als Frauen verkleidete Priester mit Rauchfässern in den Händen dem Grabe des Erlösers, das an einem Seitenaltare angebracht war, sich näherten, den am Rande des Grabes von einem Diakon dargestellten Engel anredeten und zum Hauptaltar zurückgekehrt die Antiphone [5]: „*Surrexit dominus de sepulchro*" u. s. w. anhuben, schliesslich unter dem Geläute der Kirchenglocken das „*Te Deum laudamus*" in feierlicher Weise intoniert und von allen Anwesenden mit volltönender Stimme gesungen wurde [6]: so erregten diese Scenen ohne Zweifel die gespannteste Aufmerksamkeit des Volkes, übten den mächtigsten Einfluss auf das Gemüth, auf die Andacht desselben und waren ganz geeignet, die Erinnerung an beliebte heidnische Feste abzuschwächen und zu unterdrücken. In dem liturgischen Vorgange aber, wie wir ihn bei der Geburts- und Auferstehungsfeier Christi gesehen, waren nach jedem Drama erforderlichen Elemente gegeben, das epische in dem kirchlichen Festestexte, das lyrische in den Gefühlen und Empfindungen der zur Andacht Versammelten, die in dem Gesange der Hirten und in dem Ambrosianischen Hymnus zum Ausdrucke kamen, und

[4] Noch jetzt wird in unserem Ländchen stellenweise, z. B in Jauernig, am Palmsonntage und Charfreitage das Leiden Christi nach den Evangelien des heil. Matthäus und des heil. Johannes von Laien vom Chore aus in der angedeuteten Weise vorgetragen. Es liegt mir aus dem genannten Orte ein Passionstext für die beiden Tage vor, der bis in die neueste Zeit in Verwendung kam. Ich verdanke denselben dem wackeren Chorrector Liberatus Göppert in Johannesberg. Die Niederschrift wurde im Jahre 1656 von dem damaligen Jauerniger Chirurgen Georg Heinrich Prossig angefertigt, sie umfasst 30 Folioblätter und ist durchweg mit Musiknoten versehen. Die Passion des heil. Matthäus ist überschrieben: „Passio domini nostri Jesu Christi secundum Matthæum in dominica palmarum", hebt an mit den Worten: „Das Leiden unseres Herrn Jesu Christi, wie uns St. Matthäus beschreibt", und endet mit der Grablegung Christi. Die Passion des heiligen Johannes trägt die Ueberschrift: „Passio domini nostri Jesu Christi secundum Joannem in parasceue", beginnt mit den Worten: „Das Leiden unseres Herrn Jesu Christi, wie uns St. Joannes beschreibt", und endet mit dem Tode Christi am Kreuze. Der Evangelist vermittelt im Recitativ den Zusammenhang der einzelnen Begebenheiten, Jesus, Petrus, Caiphas, Pilatus und Judas tragen ihre Partien in Bass vor, Jesus theilweise in Tenor, die Juden, die Hohenpriester u. s. w. im gemischten Chor.

[5] „Antiphonen sind ursprünglich Wechselgesänge, die, wie in der Vesper die Psalmen, verweis von abwechselnden Chören gesungen wurden; dann aber sind es auch die einleitenden Gesänge zum Gottesdienste (Introitus), die gewöhnlich aus einzelnen Bibelstellen bestehen". J. Mone. Schauspiele des Mittelalters, Karlsruhe 1846, Bd. I. S. 6. A. 2.

[6] In dieser Weise beiläufig gieng die Osterfeier in der Mitte des 12. Jahrhundertes in den süddeutschen Klöstern vor sich. Es erhellt das aus einem Berichte bei Gerbert vet. liturg. alem. monum. II. 237 (Mone a. a. O. I. S. 7): Duo sacerdotes se cappis induunt, sumentes duo thuribula, et humeraria in capita ponent, intrantes chorum, paulatim euntes versus sepulchrum, voce mediocri cantantes: quis resolvet nobis lapidem, quos diaconus, qui debet esse retro sepulchrum interroget psallendo: qnem quaeritis, deinde illi: Jesum Nazarenum, quibus diaconus respondet: non est hic. Mox incensent sepulchrum et dicente diacono: ite, nuntiate, vertent se ad chorum, remanentes super gradum, et cantent: surrexit dominus de sepulchro usque in finem. Finita antiphona dominus abbas incipiat: te deum laudamus in medio aute altare, moxque campanae sonentur in angularibus.

1*

das mimische in dem Auftreten der Hirten zur Begrüssung und Anbetung, sowie in dem Hin- und Zurückgehen der als Frauen verkleideten Priester vom Grabe und im Räuchern daselbst [1]).

Aus dieser dramatischen Belebung des Gottesdienstes bildeten sich in der That in allen christlichen Ländern Europas geistliche Schauspiele heraus, die von Geistlichen im strengen Kirchenstile verfasst, im Innern der Kirche, gewöhnlich nach Anhörung einer heiligen Messe, mitunter auch einer Predigt, von denselben aufgeführt wurden. Sie hiessen in Frankreich Mysterien *(les mystères)*, Darstellungen der göttlichen Geheimnisse, in Deutschland nannte man sie schlechthin Spiele *(ludi)*.

Anfänglich waren sie auf die Geburt und Kindheit Jesu, auf dessen Erlösungstod und Auferstehung beschränkt, erweiterten sich jedoch frühzeitig und dehnten sich auch auf das alte Testament, auf die schmerzhafte Mutter Gottes und das Leben der Heiligen aus. Als die ältesten gehören hieher die Weihnachts- und Dreikönigspiele, die Passions- und Osterspiele.

Wie wir gesehen, waren diese Spiele in ihren Anfängen in allen Beziehungen an die Kirche gebunden.

Wie sie daher in ihren Räumen, von ihren Dienern im geistlichen Kleide, vor der zur Andacht versammelten Volksmenge aufgeführt wurden, so war zuerst auch ihre Sprache durchweg die Sprache der Kirche, die lateinische [2]). Im Laufe der Zeit jedoch erfuhren sie mancherlei Veränderungen, gaben die ursprüngliche, auf religiöse Erbauung berechnete Einfachheit auf, erhielten dafür volksthümliche, derbhumoristische Zuthaten und rissen sich endlich von ihrer seitherigen Pflegerin, der Kirche, ganz los. Doch erfolgte diese Trennung nur allmählich, und zwar zunächst in der Sprache. Man begann nämlich die eingelegten strophischen Chorgesänge und Antiphonen in's Deutsche zu übertragen, übersetzte nach diesen Anfängen die lateinischen Texte nach und nach vollständig und verlieh so den Spielen ein nationales Gewand [3]). Als unabweisbar stellte sich die Einführung der deutschen Sprache heraus, als der grössere Umfang der Spiele und die erhöhte

---

[1]) Vgl. Drosihn, über das Redentiner Osterspiel, 1866, S. 6.

[2]) Die ältesten hieher gehörigen lateinisch abgefassten Kirchendramen, zwei Dreikönigspiele in Bruchstücken: „Herodes sive Magorum adoratio" und „Ordo Rachelis", nach Freisinger, jetzt Münchner Handschriften von K. Weinhold a. a. O. S. 56 ff. veröffentlicht, werden dem 9. bis 11. Jahrhunderte zugewiesen. Als das erste grössere derartige Drama gilt ein Osterspiel des 12. Jahrhunderts aus dem Kloster Tegernsee in Baiern „de adventu et interitu Antichristi", als dessen Verfasser der Mönch Wernher von Tegernsee angenommen wird. K. Hase, das geistliche Schauspiel, Leipzig 1858, S. 25.

[3]) Das älteste lateinisch-deutsche Spiel, welches Hoffmann von Fallersleben in seinen Fundgruben für deutsche Sprache und Literatur, Breslau 1837, II. 245 ff. bietet, ist nach einer Münchner Handschrift des 13. Jahrhundertes mitgetheilt. Dasselbe Spiel publiciert auch J. A. Schmeller in den carm. bur., Stuttgart 1847, S. 95 ff. unter der Ueberschrift: „Ludus paschalis sive de passione domini". Das älteste deutsche Passionsspiel (in Bruchstücken) hat K. Bartsch in Pfeiffers Germania VIII. S. 273 ff. veröffentlicht. Es gehört dem Anfang des 13. Jahrhunderts an.

Theilnahme des Volkes an denselben eine Vermehrung der darstellenden Personen und demgemäss auch die Beschäftigung von Laien, die der lateinischen Sprache nicht kundig waren, nöthig machte. Aber auch das Costüm der deutsch redenden Darsteller war das des gewöhnlichen Lebens. „Christus der Herr," berichtet Holland, „erschien immer, wie ihn später die van Eyks auch gemalt haben, mit geistlicher Tiara, in steinbesetzter, perlenreicher Tunica, mit Stola und Fischerstab; die heiligen Dreikönige trugen die kostbare Tracht reicher Kaufherren und Ritter, sammtene Pelzröcklein und kostbare ausländische Stoffe; das übrige Personal trug die gewöhnliche, sogenannte „getheilte Watt" mit spitzigen Schnabelschuhen und klingelnden Schellenkränzen."

Ein weiterer Schritt zur Trennung des Schauspiels von der Kirche geschah, als man im 14. Jahrhunderte bei der grössern Ausdehnung und überhandnehmenden Verweltlichung der Spiele die Kirchenräume als den Ort für ähnliche Darstellungen aufzugeben sich genöthigt sah, und nun auf offenem Markte, in der Gasse zwischen den beiden Häuserreihen, oder an sonst geeigneten Plätzen die Bühne aufschlug [10]. Damit nämlich war die Möglichkeit geboten, auch in stofflicher Beziehung freier und unabhängiger sich zu bewegen, als bisher. Denn da die Heiligkeit des Ortes nicht mehr hindernd in den Weg trat, so konnte man mit grösserer Freiheit Gegenstände heranziehen, die nebst der Andacht auch eine wolthuende Bewegung der Lachmuskeln hervorzurufen geeignet waren. Wichtig für die Entwicklungsgeschichte des Drama in dieser Periode ist das Spiel de decem virginibus — eine dramatische Bearbeitung der Parabel von den 5 klugen und 5 thörichten Jungfrauen —, welches 1322 nach Ostern zu Eisenach auf der Rolle, einem Gebäude im Thiergarten daselbst, in Gegenwart des Landgrafen Friedrich von Thüringen mit der gebissenen Wange aufgeführt wurde. Die Spieler nämlich sind zwar Predigermönche — Kleriker und Scholaren der Dominikaner —, aber sie fungieren hier nicht als Priester, und die Zuschauer sind zum Markte und nicht zur Kirche gezogen. Der Eindruck aber, den die Darstellung des Stückes auf die anwesenden Landgrafen macht, ist so gewaltig, dass derselbe in ungewöhnliche Anregung geräth, in diesem Zustande 5 Tage verharrt, durch einen Schlagfluss hierauf gelähmt wird, und endlich am 16. November 1324 nach ununterbrochenen Leiden und Qualen stirbt.

Dieses sprachlich, örtlich und theilweise auch stofflich von der Kirche getrennte Schauspiel wurde sehr beliebt, und aller Orten wurden Bühnen aufgeschlagen, die Menge geistig anzuregen und zu erbauen, und die Pracht, mit der man die Spiele aufführte, und die Liebe und Lust, mit der das Volk zuhörte, rief nicht unbedeutende Schöpfungen hervor, wie z. B. das schon erwähnte, durch Dichtung, Scenerie und Darstellung besonders

---

[10]) Doch auch „nach der Trennung des Schauspieles vom Cultus, im 16. Jahrhunderte und noch später, kommt es vor, dass Stücken geistlichen oder doch erbaulichen Inhaltes eine Kirche eingeräumt wird." J. Tittmann. Schauspiele aus dem 16. Jahrhunderte, Leipzig 1868, S. XXXIV.

hervorragende thüringische Spiel [11]); ferner das Leben Jesu von der Hochzeit zu Kana bis zur Auferstehung Christi reichend [12]); eine Darstellung der ganzen biblischen Geschichte des alten und des neuen Testamentes von der Schöpfung der Welt bis zur Auferstehung des Erlösers [13]); das in Redentym (Redentin) bei Wismar an der Ostsee im Jahre 1464 aufgezeichnete Osterspiel [14]). u. a. m.

So hatte sich das Drama der Deutschen aus sich heraus entwickelt, als die Humanisten mit der Nachahmung des Antiken das naturwüchsige Volksschauspiel verdrängten, den Gaumen der gebildeten Stände mit antiken Gestalten köderten und die geistlichen Spiele in abgelegene Gegenden, wie z. B. Ober-Ammergau, verscheuchten [15]). Der Bürger

---

[11]) Herausgegeben von Ludwig Bechstein in der Wartburgbibliothek, Halle 1855 Heft I. nach dem älteren Mühlhäuser Texte, zu dem Reinhold Bechstein einen grammatischen und kritischen Nachtrag (Jena, 1866) lieferte. Eine zweite jüngere Bearbeitung von hohem Werthe gibt Max Rieger in Pfeiffers Germania X. S. 311 ff.

[12]) Nach einer St. Gallener Handschrift aus dem 14. Jahrhunderte bei Mone a. a. O. I. S. 49 ff.

[13]) Nach einer Handschrift des 15. Jahrhundertes von K. Bartsch in Pfeiffers Germania III. S. 267 ff. auszugsweise veröffentlicht und besprochen.

[14]) Zuerst von Mone a. a. O. II. S. 33 ff. mitgetheilt, im Jahre 1851 v. L. Ettmüller unter dem Titel: „Dat spil fan der upstandinge" wieder herausgegeben, 1866 von Drosihn neuerdings besprochen und gewürdigt.

[15]) In diesen ihren Zufluchtsstätten fristeten die Spiele als eine Art Bauernkomödien noch durch Jahrhunderte bis auf unsere Tage herab ihr Dasein. Sie erfuhren zwar immer Veränderungen und Ueberarbeitungen, den religiösen Kern jedoch behielten sie in seiner Wesenheit bei. Seit einigen Decennien hat man diesen kulturhistorischen Denkmälern einer abgelaufenen Zeit allenthalben eine grössere Aufmerksamkeit zugewendet, sie gesammelt und durch Veröffentlichung der Vergessenheit entrissen. Auch in Oesterreich wurden Spiele und Lieder dieser Art in ziemlich erheblicher Anzahl aufgefunden. Ausser den Spielen, die in bereits erwähnten Werken vorkommen, sind mir aus österreichischen Landen nachfolgende Sammlungen und Publicationen bekannt:

1. „Ueber das Drama des Mittelalters in Tirol" von A. Pichler, Innsbruck 1850. Vgl. auch desselben Verfassers Abhandlungen und Mittheilungen in der österr. Revue, 1866. 1. S. 27 ff. und 1867, 6. S. 97 ff.

2. „Weihnachtsspiele und Lieder aus Kärnten" v. M. Lexer, als Anhang zu dessen kärntischem Wörterbuche, Leipzig 1862. S. 274 ff.

3. „Deutsche Weihnachtsspiele aus Ungarn" von K. J. Schröer, Wien 1858. Darunter ein Paradeisspiel aus dem Salzburgischen. — Das S. 123 ff. gebotene Oberuferer Paradeisspiel ist von ihm auch Weim. Jahrb. IV. S. 383 ff. mitgetheilt. Von demselben: „Ein (deutsches) Weihnachtsspiel aus (Kremnitz in) Ungarn" im Weim. Jahrb. III. S. 391 ff.

4. „Herodes, ein deutsches Weihnachtsspiel aus Siebenbürgen", mitgetheilt v. J. K. Schuller Hermannstadt 1859.

5. In den Mittheilungen des Vereines für Geschichte der Deutschen in Böhmen, Jahrgang III. S. 115 ff. „Die Weihnachtsspiele im Erz- und Mittelgebirge" von J. Stocklöw; Jahrgang IV. S. 124 f. ein Dreikönigspiel (in Bruchstücken) aus Prachatitz von Lauseker, der ebendaselbst eines ausgestorbenen Passionsspiels in Südböhmen (Sablat) Erwähnung macht; Jahrgang V. S. 66 ff. „Der Kindermord zu Bethlehem oder Herodes und die heiligen Dreikönige" von J. A. Hübner.

und Handwerker aber huldigte dem weltlichen Schauspiele, das theils aus heiteren Scenen des geistlichen Drama, theils aus Ueberbleibseln heidnischer Volksbelustigungen hervorgegangen, das komische Element pflegte, und da er seinen plumpen Scherz recht behaglich geniessen wollte, so versetzte er die Bühne in die Zeche, in die Zunftstube, wo die Ströme Bieres den dichterischen Genius ersäuften.

Dass, wie im übrigen Deutschland, so auch in Schlesien schon frühzeitig geistliche Schauspiele zur Darstelluug gebracht wurden, ja dass sie hier im Beginne des 13. Jahrhundertes schon ziemlich ausgebildet waren und manchmal das Gefühl der Sitte und des Anstandes verletzten, dafür spricht ein Brief, den Papst Innocentius III. am 8. Jänner 1207 an den Erzbischof von Gnesen gerichtet [16]. In diesem Briefe tadelt derselbe, dass in den polnischen Diöcesen.... in den Kirchen theatralische Vorstellungen stattfänden, wobei ungeheuerliche Vermummungen (*monstra larrarum*) gebraucht würden, ja dass an den drei jährlichen Festen, *quae continue natalem Christi sequuntur*, Diakone, Presbyter und Subdiakone durch Aufführung leichtfertiger Spiele, von obscönen Gesten begleitet, angesichts des Volkes

6. „Der Hirte von Bethlehem" (in A. Jarisch „Heimatsklänge", 2. Aufl. Wien 1864, S. 86 ff.), Gesang eines vollständigen Weihnachtsspieles, im Einklange mit dem Freiwaldauer (bei Ens III. 95 ff.), Zuckmantler (Volkslh. I. 426 ff.), Bielitz-Bialaer (bei J. Rukowsky, Gedichte in der Mundart der deutschen schles. gal. Grenzbewohner, Bielitz 1860, S 147 ff.) und dem Goschötzer (bei Hoffmann v. F. in den schl. V. S. 330 f.).

7. Fulneker Weihnachtslieder von J. G. Meinert in d. a. V. Wien 1817, S. 289 ff. Darunter in unvollständiger Gestalt das zuletzt genannte Stück.

8. Weihnachtslieder von Fr. Tschischka und J. M. Schottky in d. öst. V. Pest, 1844, S. 39 ff.

9. Weihnachtslieder von M. V. Süss in d. Salzburger V., Salzburg 1865, S. 27 ff. — Der „Ludus de ascensione domini", ein mittelalterliches Schauspiel", Innsbruck 1852, von A. Pichler, und K. J. Schröers Nachtrag zu den deutschen Weihnachtsspielen aus Ungarn, Wien 1860, sind mir nur dem Namen nach bekannt.

Eine grössere Anzahl von Volksschauspielen und Bauernkomödien aus Mähren und Schlesien gedenke ich nach Beendigung des III. Bandes des Volksthümlichen, dessen Bearbeitung meine Kraft noch durch einige Zeit vollauf beanspruchen wird, der Oeffentlichkeit zu übergeben. Es befindet sich unter denselben ein Christigeburtspiel aus Bautsch in Mähren, welches mir der wackere Uhrmacher daselbst, Peter Knappek. zur Verfügung stellte. Dieses Spiel, das in dem genannten Orte noch im Jahre 1865 gespielt wurde, stimmt mit dem von K. J. Schröer aus Oberufer mitgetheilten Christigeburtspiele (Weihnachtssp. a. Ungarn, S. 59 ff.) in den wesentlichsten Theilen beinahe auf's Wort überein. Nur treten im Beginne des Bautscher Spieles in ähnlicher Weise, wie in dem deutschen Weihnachtsspiele des 14. Jahrhunderts bei Mone (a. a. O, I. S. 143 ff.) die drei Altväter Abraham, Isak und Jakob auf und klagen und seufzen nach der Menschwerdung Jesu Christi und ihrer Erlösung in einer acht Verszeilen langen Paraphrase des „Rorate, coeli, desuper, et nubes pluant Justum! Aperiatur terra et germinet Salvatorem!" — Bemerkt sei noch, dass in der Hirtenscene, der auch eine Jägerscene angefügt ist, ein Nachtwächter auftritt, das Horn bläst und ein Lied singt, — wie das bei Mone (a. a. O. II. S. 60) in dem Spiele „de rerurrectione" von einem Wachter ebenfalls geschieht, und dass am Schlusse Methusalem mit dem Tode zusammentrifft, dem er nach kurzer Widerrede verfällt.

16) C. Grünhagen. Regesten für schlesische Geschichte, 2. Abthl. Breslau 1860, S. 70.

die geistliche Würde erniedrigten. Dem solle der Erzbischof entgegentreten . . . . solche theatralische Vorstellungen solle er ganz abschaffen. - Da nun damals Schlesien in kirchlicher Beziehung dem Metropoliten von Gnesen untergeordnet war, so sind wir zu der Annahme berechtigt, dass auch in unserem Lande schon in früher Zeit geistliche Schauspiele üblich waren, u. zwar, wie es aus dem angezogenen Briefe hervorgeht, zunächst Weihnachts- und Dreikönigsspiele [17]).

Dass solche Spiele in früher Zeit in Schlesien wirklich existierten, dafür spricht auch der Umstand, dass Bischof Konrad von Breslau im Anfange des 15. Jahrhundertes den Geistlichen seiner Diöcese verbietet, theatralischen Spielen, die zur Befriedigung der Eitelkeit eingeführt worden, beizuwohnen [18]), nachdem der Erzbischof Janislaus zu Gnesen schon im Jahre 1326 ein ähnliches Verbot unter Androhung der Excommunication erlassen hatte [19]). Für das Fortleben der Weihnachts- und Dreikönigsspiele unter dem schlesischen Volke durch die folgenden Jahrhunderte hindurch bis in die neueste Zeit herab, sowie für die ehemalige Beliebtheit dieser Spiele, insbesondere der Christkindelspiele, geben zahlreiche Belege die von K. Weinhold in dem mehrfach erwähnten Werke „Weihnachtsspiele und Lieder aus Süddeutschland und Schlesien", ferner die von Faustin Ens im „Oppalande", sowie die in den schlesischen Provinzialblättern [20]), und die im ersten Bande des Volksthümlichen aus Österr. Schlesien in mancherlei Variationen mitgetheilten Spiele dieser Art. Nur wurden diese Spiele in späterer Zeit auch in unserer Provinz nicht mehr unter unmittelbarer Leitung und Theilnahme der Geistlichen aufgeführt, sondern von sogenannten Spielgesellschaften, wie z. B. noch vor wenig Decennien in Einsiedel bei Würbenthal, oder im Namen der Gemeinde von einzelnen, hierzu am meisten geeigneten Mitgliedern derselben, wie z. B. in Obergrund bei Zuckmantel.

Sonach ist die Darstellung von Weihnachts- und Dreikönigsspielen in Schlesien, und zwar in verschiedenen Combinationen kunst- und volksmässiger Elemente, von frühester

---

[17]) J. Mone (altd. Schausp. S. 14 und Schausp. d. M. I. S. 133) versteht unter den Festen, welche unmittelbar auf den Weihnachts heiligen Tag folgen, den St. Stephans-, Johannes-Evangelisten- und den unschuldigen Kindleintag: H. Palm dagegen (Zeitsch. d. Vereins f. Geschichte u. Alterthum Schlesiens, B. VIII. S. 50) die Weihnachtsfeiertage und den Dreikönigstag. Ich schliesse mich der Ansicht des letzteren an.

[18]) Klose, dokumentierte Geschichte und Beschreibung von Breslau in Briefen, 2. Bandes 2. Theil. S. 264.

[19]) Constit. Synod. Janislai Archiep. Gnezn. d. a. 1326. (Klose a. a. O. 2. Bandes 1. Theil. S. 24. A.). Dergleichen Verbote gegen dramatische Spiele ergiengen im Mittelalter von Seiten der Päpste, Bischöfe und Synoden nach verschiedenen Ländern ziemlich häufig. Vgl. Hoffmann v. F., Fundgruben II. S. 241 ff.

[20]) Band III. S. 65 ff „Herodesspiel aus dem Eulengebirge", mitgetheilt von R. Schück, und ebenda S. 68 f. „Weihnachtsspiel im Riesengebirge" mitgetheilt von J. G. Kutzner; Bd. IV. S. 745. „Die drei Weisen aus dem Morgenlande, ein Weihnachtsspiel aus dem Eulengebirge", mitgetheilt von F. Zeh; Bd. V. S. 409 ff. „Das (schon genannte) Tschechener Christkindelspiel", und ebenda S. 413 ff. das „Schlegeler Christkindelspiel."

Zeit an bis auf unsere Tage herab ausser Zweifel gestellt. Ob aber auf schlesischem Boden Passionsspiele und Osterspiele aufgeführt wurden, dafür ist bis jetzt ein sicherer Beweis nicht beigebracht worden. Wol hat Hoffmann von Fallersleben in seinen Fundgruben II S. 296 ff. nach einer Handschrift der Wiener Hofbibliothek ein Osterspiel, dessen Aufzeichnung wahrscheinlich in den Anfang des 15. Jahrhundertes gehört, veröffentlicht und dasselbe in den Einleitungsworten dazu nach verschiedenen Anspielungen, Worten und Redensarten als schlesisch oder nordböhmisch bezeichnet; wol hat H. Rückert, wie auch H. Palm in der Zeitschrift des Vereins für Geschichte und Alterthum Schlesiens (Band VII. S. 16 und B. VIII. S. 57.) dieses Osterspiel nach Sprachformen und anderen Eigenthümlichkeiten gradezu als schlesisch erklärt, der letztere überdies aus den Aufführungen von Weihnachts- und Dreikönigsspielen in Schlesien und aus der Abfassung des von Hoffmann v. F. veröffentlichten schlesischen Osterspieles den Schluss gezogen, man werde auch in Schlesien die Passion gespielt haben, wie anderswo; unzweifelhafte Belege jedoch für diese Folgerung und Behauptung liegen nicht vor. Desto erfreulicher ist es mir, in den folgenden Blättern ein Passionsspiel mittheilen zu können, welches in Schlesien thatsächlich gespielt wurde, und daher gewiss als ein Beitrag zur schlesischen Sittenkunde der Veröffentlichung werth ist.

Im Winter 1865/6 sandte mir der Bildhauer Severin Kutzer in Obergrund bei Zuckmantel ein Manuscript, welches derselbe, wie er mir schrieb, nach dem Tode seines Vaters bei Ordnung der Zeichnungen, Schriften und Papiere desselben vorgefunden hatte. In Zuckmantel sei in alten Zeiten nach dieser Handschrift das Leiden Christi gespielt worden [11]. Die Handschrift ist gut erhalten, deutlich und leserlich geschrieben. Sie enthält auf 40 Blättern starken Kanzleipapieres in Folioformat 2484 Verse. Diese sind

[11] Das Leiden und Sterben Jesu Christi war von jeher ein Gegenstand der innigsten Andacht unseres Volkes. Ja es gieng dasselbe, um an den Qualen und Schmerzen des Erlösers gewissermassen Antheil zu haben, so weit, dass es sich die Marterwerkzeuge Christi, oder doch den Namen Jesu auf der Brust oder auf einem der Arme, zumeist auf dem rechten Oberarme, einätzen liess, indem die Haut mit Stecknadeln bestochen und sodann mit Zinnober und Gerbsäure mehrmals überstrichen wurde. (Vgl. über diese bei uns jetzt nur noch ganz vereinzelt vorkommende Sitte die schles. Provinzialblätter, Band VII. S. 120 f.). Aber auch damit gab man sich nicht immer zufrieden, sondern unterzog den Körper selbst der empfindlichsten und schmerzlichsten Züchtigung, wie z. B. die „Blutmänner" in Zuckmantel es thaten Die Mittheilung über dieselben, die ich in den schlesischen Provinzialblättern, Band VII. S. 205 f. gegeben habe, mag hier im Interesse jener Leser wiederholt sein, denen die genannte Zeitschrift nicht zugängig ist.

Seit undenklichen Zeiten bis in die ersten Decennien dieses Jahrhunderts hinein vereinigten sich alljährlich am Charfreitage mehrere Männer aus Zuckmantel, Endersdorf, Grund, Dürrkunzendorf (Preuss. Schlesien) u. s. w., begaben sich in die Zuckmantler Stadtpfarrkirche, zogen von da aus unter Anschluss einer zahlreichen Procession auf den Rochusberg, und zerfleischten dabei ihren Rücken bis aufs Blut, wovon sie auch allgemein die „Blutmänner" hiessen. Mit Bestimmtheit nennt man in Zuckmantel folgende Personen, die sich noch in den Jahren 1810—1820 bei jenem Gange betheiligten: Geissler, Hoffmann, Pluschke, Anton und Johann Sattler, Stephan, Vietz und Wormborn — sämmtlich aus Zuckmantel, und Rieger aus Dürrkunzendorf. Vorstand, theils einzeln abgesetzt, theils stehen je zwei derselben in einer Zeile. Die Eingangs-Aria, die Aria am Oelberge, das Teufelslied nach der Verzweiflung des Judas, sowie die Arien zur Geiselung, Krönung und Kreuzigung und die *Longini-Aria* sind mit Musiknoten versehen, und mit Ausnahme der Eingangs-Aria aus dem Contexte herausgehoben und am Schlusse des Manuscriptes angebracht. In der vorliegenden Veröffentlichung habe ich den Text der Arien an der gehörigen Stelle eingefügt, die treu copierten Noten aber als Beilage angeschlossen. Die letzte Seite enthält eine „Specification deren Personen", die ich der besseren Uebersicht halber vorangestellt habe. Dieser Specification zu Folge waren

„Hausvater" derselben, war ein gewisser Tremmer in Zuckmautel, dem das Haus Nr. 155 daselbst gehörte.

In diesem Hause versammelten sie sich an dem genannten Tage und kleideten sich in ein weisses, sackartiges Linnengewand, welches den ganzen Körper von Kopf bis zu Fuss einhüllte. An der Stelle der Augen waren Löcher angebracht, die ihnen das Sehen ermöglichten. Am Rücken war das Gewand ausgeschnitten, so dass die nackten Schultern zum Vorschein kamen. War die Einkleidung geschehen, so knieten sie nieder, und der Hausvater sprach ihnen Gebete vor, welche auf das Leiden und Sterben Jesu Bezug hatten; sie selbst aber begannen die Geiselung, indem sie mit einem Werkzeuge, das aus Garnfäden geschlungen und an der Spitze der einzelnen Fäden mit kurzen Drahthäkchen versehen war, ihre entblössten Schultern bald nach rechts, bald nach links peitschten. Hierauf zogen sie paarweise in die Kirche und, wie schon erwähnt, von dort mit der Procession auf den Rochusberg, giengen den Kreuzweg daselbst und besuchten das Rochuskirchel, wo das heilige Grab aufgerichtet war, wie es an diesem Tage noch jetzt geschieht. Während des Ganges sangen sie das Lied „Sünder, wachet auf und geht mit mir spazieren etc." Bei den einzelnen Kreuzwegstationen und beim Rochuskirchel geiselten sie sich wiederum, und der Hausvater verrichtete mit lauter Stimme Bussgebete. Nach vollendeter Andacht kehrten sie in Tremmer's Haus zurück, wo sie ihren blutrünstigen Rücken abwaschen liessen. Beiläufig um das Jahr 1820 wurden diese Blutmännerzüge wegen mancherlei Unfuges, der sich dabei eingeschlichen hatte, von der Geistlichkeit ganz eingestellt, nachdem schon um das Jahr 1810 verboten war, im Bussgewande die Kirche zu betreten. Leute in Zuckmantel jedoch wollen vor etwa 20 Jahren noch an einem Charfreitage zwei Männer aus dem benachbarten Preussen gesehen haben, die ganz so wie vordem die Blutmänner gekleidet waren und auf ihrem Wege nach der Kirche „Mariahilf" bei Zuckmantel die Geiselung an ihrem Körper vornahmen. Diese Blutmänner, deren Züge früher mit dem Passionszuge in Verbindung gestanden haben mögen, sind sicherlich Reste der Flagellanten (Geisler, Geiselbrüder, Kreuzbrüder), die bekanntlich in der zweiten Hälfte des 13. und in der Mitte des 14. Jahrhunderts die einzelnen Theile Deutschlands, auch Schlesien, durchzogen, beidemale aber, ebenso wie jene Art von Flagellanten, die im 15. Jahrhunderte in Thüringen und Niederwachsen auftauchten, nach kurzer Zeit unterdrückt wurden. Ihr erster und nächster Zweck war, durch öffentliche Geiselung ihre Sünden zu sühnen und in Zeiten schwerer Bedrängnisse, wie Pest, Hungersnoth u. s. w. die Gnade Gottes zu erwirken. (Ueber Geisler und die Lieder, die sie bei ihren Fahrten sangen, vergl. Hoffmanns v. F. Geschichte des deutschen Kirchenliedes, Breslau 1832, S. 79 ff.)

Von einer Kreuztragung bei den Zuckmantler Bussgängen, wie selbe sonst bei Geiselfahrten vorkam, weiss die dortige Bevölkerung nichts zu sagen, wol aber erzählt man, dass noch in den achtziger Jahren des vorigen Jahrhunderts alljährlich am Charfreitage von Freiwaldau aus eine Procession nach dem bei dieser Stadt gelegenen Kreuzberge gezogen sei. Dieser Procession sei ein Mann mit einem wuchtigen Kreuze auf der Schulter vorangezogen, der sich vor der Kreuzesübernahme bis auf's Blut gegeiselt hatte.

92 Personen bei Aufführung des Stückes beschäftigt. Das Titelblatt der Handschrift fehlt. Notizen über Zeit und Art der Aufführung finden sich in der Handschrift selbst nicht. Auch meine mehrfachen Bemühungen, in dieser Beziehung aktenmässige Berichte aus früherer Zeit von den geistlichen und weltlichen Behörden Zuckmantels und der umliegenden Ortschaften zu erhalten, waren vergeblich. Nicht eine sichere, hieher gehörige Aufzeichnung fand sich vor. Die wenigen Mittheilungen, die ich von glaubwürdigen Männern erhielt, beruhen auf mündlicher Ueberlieferung und beschränken sich auf Folgendes [18]: Noch in der zweiten Hälfte des 18. Jahrhundertes wurde nach uraltem Brauche in Zuckmantel in der Osterwoche das Leiden Christi gespielt. Das Spiel nahm der Tradition zu Folge den Anfang in der Zuckmantler Stadtpfarrkirche, und zwar nach Anhörung einer heiligen Messe. Dort wurde bis zur Kreuzigung gespielt, die Kreuzigung selbst fand auf dem in der Nähe von Zuckmantel gelegenen Rochusberge statt, wohin sich das herbeigeströmte Volk, der Leidenszug an der Spitze, unter Absingung von heiligen Liedern von der Kirche aus begab. Genauere Nachrichten über ein bestimmtes Jahr der Aufführung, über Einrichtung der Bühne, über mitspielende Personen, über Beschaffenheit des Costüms etc. flossen auch mündlich nur spärlich. Eine Thatsache jedoch fand ich in Obergrund und Zuckmantel von verlässlicher Seite mehrfach bestätigt. Durch eine Reihe von Jahren nämlich habe ein gewisser Oergloer (Oergler, Ergler, Ergeler) aus Obergrund, der beim Bergwerke daselbst als Laborant in Diensten stand [19], bei diesem Leidensspiele Jesum Christum dargestellt, und zwar habe derselbe den leidenden und sterbenden Erlöser mit solcher Weihe und Würde gespielt, dass er vom Herrn begnadigt wurde, seine Todesstunde im Vorhinein zu wissen, die auch, wie er es angegeben, pünktlich eingetroffen sei. Auch habe er sich drei Tage vor seinem Tode seinen Sarg anfertigen lassen. Begreiflicher Weise stand der Mann beim Volke in besonderem Ansehen, und jetzt noch, wenn von ihm erzählt wird, nennt man ihn nur den „Heiligen-Oergler", oder auch wol den „Geist-Oergler". Bei der Kreuzigung trug er, wie man mir sagte, eine fleischfarbige, knapp anliegende, leinene Gewandung, welche den ganzen Körper bis an den Hals bedeckte. Zwischen den Fingern und Zehen war die Leinwand so genäht und hergerichtet, dass die Nägel durch dieselbe eingetrieben werden konnten, ohne dass sie unter der Last des am Kreuze hangenden riss. Die Tiara, die in den ersten Auftritten der Darsteller Gottes des Vaters trug, und die auch bei den Weihnachtsspielen in Grund benutzt wurde, befindet sich noch im Besitze des früher erwähnten Bildhauers Severin Kutzer in Obergrund. Das Transparent

---

[18] Sie rühren fast ausnahmslos vom Bildhauer S. Kutzer in Obergrund und von dem aus Obergrund gebürtigen akademischen Maler und Zeichenlehrer unseres Gymnasiums, J. Kunze her. Es sind Jugenderinnerungen aus Erzählungen, welche sie, der erste von seinem Vater, der zweite von alten Bergleuten hörten.

[19] Die Familie Oergloer (Oergler, Ergler, Ergeler) lebte nachweisbar seit dem Anfange des 18. Jahrhunderts in Obergrund in dem Hause Nr. 48. Die männlichen Sprossen derselben waren fast durchgehends als Laboranten beim Bergwerke daselbst beschäftigt.

des heiligen Geistes, das im Paradiese angebracht war, wurde, weil gänzlich von Motten zernagt, vor einigen Jahren von demselben vernichtet. Einige andere Mittheilungen habe ich in eckigen Klammern [ ] dem Texte eingefügt.

Der Text des Spieles rührt in der vorliegenden Fassung nach Sprache und Versbau (Vergl. in letzterer Beziehung insbesondere V. 1583 ff.) aus den ersten Decennien oder der Mitte des 17. Jahrhundertes her ; doch ist mit Sicherheit anzunehmen, dass wir es nur mit der Bearbeitung eines älteren Stückes zu thun haben, dessen Entstehung in eine viel frühere Zeit zu setzen ist. Dass die letzte Bearbeitung in Schlesien entstanden, unterliegt keinem Zweifel. Man vergleiche nur die Krämer-Scene V. 470 ff. und die in dieser, aber auch sonst vorkommenden echt schlesischen Dialektformen. Uebrigens scheint mir der Schreiber unserer Handschrift und der letzte Bearbeiter eine und dieselbe Person zu sein. Zu dieser Ver- muthung veranlassen mich die Aenderungen, die während des Niederschreibens wiederholt vorgenommen wurden. So lauteten z. B. die Verse 2282 und 2283 ursprünglich :

„Er hat andern geholfen wol,
Und als er selbst sich helfen soll",

Diese Worte nun sind durchgestrichen und von derselben Hand, von der das ganze Manuscript angefertigt ist, durch die von mir in Druck gebrachten Verse ersetzt.

Der Text ist im Ganzen abgedruckt, wie das Original ihn bietet. Nur die Schreibung der Worte und die Setzung der Unterscheidungszeichen, die beide ganz will- kürlich angewandt sind, habe ich nach eigenem Ermessen geändert. Die in ziemlich er- beblicher Anzahl vorkommenden, geradezu stümperhaft gebauten Verse regelrecht herzustellen, hätte zu weitgehenden Textesänderungen genöthigt und unterblieb deshalb. Bemerkungen in || || sind Zusätze von mir. Die beigefügten Wort- und Sacherklärungen sind ebenso, wie die einleitenden Bemerkungen über die Anfänge des deutschen Schauspieles zunächst zur Orientierung und zur Vermittlung des Verständnisses für jene Leser bestimmt, denen Forschungen auf diesem Gebiete fern liegen. Wer eingehendere Belehrung über die Ent- stehung und Fortbildung des deutschen Drama wünscht, der findet sie in den schon ge- nannten Werken von K. Weinhold, F. J. Mone und K. Hase, ferner in den Werken von E. Devrient (Geschichte der deutschen Schauspielkunst, Leipzig 1848), H. Holland (Die Ent- wicklung des deutschen Theaters im Mittelalter und das Ammergauer Passionsspiel, Münster 1861), H. M. Schletterer (Das deutsche Singspiel, Augsburg 1863) und J. Kehrein (Die dramatische Poesie der Deutschen, Leipzig 1840).

Das ganze Spiel, dem eine „Aria anstatt einer Vorrede" (V. 1—32) vorangeht, zerfällt in 14 Auftritte. Der erste hebt damit an, dass Gott Vater den Adam, dessen Schöpfung in unserem Stücke vorausgesetzt wird [16]), durch einen Cherubin herbeiführen lässt, und ihm das Paradies bis auf den Baum der Erkenntnis des Guten und Bösen übergibt, worauf derselbe aus Adam die Eva bildet (V. 33—76). Der zweite Auftritt

---

[16]) Vss. 13 ff. und Vss. 342 f. weisen deutlich auf ein ursprünglich längeres Spiel hin, in welchem die Schöpfung Adams wirklich dargestellt wurde. Verg. Anm. 27.

(V. 77—156) behandelt die Versuchung der Menschen durch den Teufel und den Sündenfall; der dritte Auftritt (V. 157.—333) den Rechtsstreit der Gerechtigkeit und Barmherzigkeit vor Gott. Lucifer klagt den Adam an und verlangt seine und seiner Nachkommen ewige Bestrafung, die Gerechtigkeit unterstützt dieses Verlangen, während die Barmherzigkeit für zeitliche Bestrafung plaidiert [15]) und Gott bittet, er selbst möge die ewige Schuld der Menschen in menschlicher Natur abbüssen. Gott Vater willigt endlich in die, Erlösung des Menschengeschlechtes durch seinen Sohn [16]), spricht die Menschen von der ewigen Strafe frei, verurtheilt sie aber zu Leid und Tod auf Erden, und verweigert ihnen den weitern Aufenthalt im Paradiese [17]). An die Vertreibung aus

[15]) Es kommt hier in Betracht die, Genesis I. 2., 17. von Gott angedrohte Strafe.

[16]) „Dass der Logos oder die zweite Person in der Gottheit die Erlösung vollziehen musste, war übereinstimmende Ansicht der alten Kirchenväter wie Scholastiker. Als Hauptgründe gelten, dass durch den Logos die Welt geschaffen sei, und er seine Schöpfung dem Teufel gegenüber behaupten müsse, sodann, dass er als mittlere Person in der Dreiheit zum Mittlerwerke am geeignetsten war". Weinhold a. a. O. S. 320.

[17]) Aehnlichkeit, zum Theil überraschende Uebereinstimmung mit den 3 ersten Auftritten zeigt das Vordernberger Paradiesspiel bei Weinhold, S. 302 ff., das Obergrunder Weihnachtspiel (Volksthümliches I. S. 361 ff.) und das Einsiedler Spiel, welchen in Einsiedel bei Würbenthal noch vor wenigen Decennien agiert wurde. Auch in dem Kremnitzer und Oberuferer Weihnachtspiele (K. J. Schröer, Weimar. Jahrb. III. 391 ff. und Weihnachtssp. a. Ungarn S. 50 ff.), sowie in dem v. J. Zacher mitgetheilten Mastrichter Osterspiele (Haupts Zeitschrift II. S. 302 ff.), finden sich verwandte Scenen, ebenso (nach Weinhold a. a. O. S. 297) in der ersten blijscap van Maria in Willems belg. Museum und in dem Mystère de la Conception in Parfait, histoire du théâtre français, die mir jedoch beide nicht zu Gebote standen. Die Handschrift des erwähnten Einsiedler Spieles verdanke ich dem Wirtschaftsbesitzer und Gemeindeschreiber J. A. Vietz in Einsiedel. Das Spiel ist eine jüngere Bearbeitung des Obergrunder und stimmt mit diesem grösstentheils überein, nur ist an die Hirtenscene, wie im Rautscher Spiele, noch eine Jägerscene angeschlossen. Auch sind eine Anzahl Lieder eingelegt, die im Obergrunder Spiele fehlen. Nach der Schöpfung der Eva z. B. sind folgende 2 Liedstrophen eingeschaltet:

Der heiligsten Dreifaltigkeit, mei'm Leben,
Der thu ich mich mit Leib und Seel ergeben.
Diese will ich preisen.
Ihr Lob und Dank erweisen.
Sei gelobt in Ewigkeit
Die heiligste Dreifaltigkeit.

Von Gott dem Vater will ich den Anfang machen,
Der Wunderding' gewirkt und grosse Sachen
Hier auf dieser Erden.
Dank soll ihm d'rum werden.
Sei gelobt in Ewigkeit
Die heiligste Dreifaltigkeit.

Nach der Vertreibung aus dem Paradiese wird das Lied fortgesetzt:
Von Gott dem Vater komm' ich auf den Sohn,
Der ist mein' Herzensfreud' und Wonn'.

dem Paradiese schliesst sich die Leidensgeschichte Christi an [20]), die durch einen längeren Prologus (V. 334 — 469) ihrem wesentlichen Inhalte nach angekündigt wird. Hier ist der eigentliche Beginn des Passionsspieles, während die früheren drei Auftritte als eine Art Vorspiel zur Motivierung des Leidens und Sterbens Christi — die Versündigung am Baume der Erkenntnis als das Gegenbild zum Erlösungstode am Baume des Kreuzes — vorausgeschickt sind; weshalb auch hier erst der eigentliche Prologus steht, während das ganze Spiel mit einer Aria eingeleitet ist, die sich eben nur über den Inhalt der ersten drei Auftritte verbreitet. Durch jene Motivierung ist der innere Zusammenhang des Stückes hergestellt, der auch durch den folgenden vierten Auftritt (V. 470. 575.) nicht gestört wird. Wie Jesus nämlich die Wucherer aus dem Tempel verjagt, wie er Jerusalem beklagt und beweint, den Jüngern sein bevorstehendes Leiden und seinen Tod am Kreuze vorhersagt, das bildet, nebst besorgnisvollen Fragen Marias über die Geschicke Jesu, den Inhalt desselben. In der Vertreibung der Wucherer aber ist eine Scene aus dem Leben Jesu, speciell aus der Lehrthätigkeit desselben, herausgegriffen, die zunächst die Juden veranlasst, zu einer Berathung zusammenzutreten, den Tod Jesu zu beschliessen, und die weiteren, hiezu nöthigen Massnahmen zu treffen. (Vergl. V. 434 ff. u. 534 ff).

Von da ab gliedert sich das Stück in 10 Abtheilungen, die wir ebenfalls Auftritte nennen wollen. Jedem dieser Auftritte geht eine Ankündigung, Scena I^{ma}, Scena II^{da}, Scena III^{tia} etc. überschrieben, voran, eine Art Argumentum, das in wenig Worten den Inhalt der folgenden Begebenheit angibt; nur das erste Argumentum enthält mehr eine Reflexion über das Frühere, und das letzte, das zehnte Argumentum, berührt im Anfange die unmittelbar vorangehende Handlung. Der erste der zehn Auftritte (V. 576—1068) und der zweite (V. 1069—1172) beschäftigen sich in ernsterer Weise, als der vorangehende Auftritt mit der Vorbereitung zu den bevorstehenden Leiden und dem nahen Tode Christi. Die Juden halten Rath über Christum, Judas bietet sich zum Verräther

Dieser hat verlassen
Die himmlische Strassen.
Sei gelobt in Ewigkeit
Die heiligste Dreifaltigkeit.

Er ist auf dieser schnöden Erd' geboren
In einem Stall, sonst wären wir verloren;
Hat lernen Armut leiden
Und die Hoffart meiden.
Sei gelobt in Ewigkeit
Die heiligste Dreifaltigkeit.

[20]) Nach Weinhold's Bemerkung wird in deutschen Spielen der Sündenfall mit den Weihnachtsspielen in Verbindung gebracht, indem man mit der Menschwerdung Christi das Erlösungswerk als hinreichend vollbracht angesehen zu haben scheint. In französischen Mysterien, wie in der Résurrection de notre Seigneur geht der Sündenfall ebenfalls dem Leidensspiele voran. W. a. a. O. S. 289 und S. 293.

desselben an, Andreas und Philippus [*)] werden zur Besorgung des Abendmahles abgeschickt, sie treffen, wie es ihnen Jesus vorhergesagt hatte, auf ihrem Wege einen Mann mit einem Wasserkruge an, folgen diesem in's Haus nach und bereiten dort in dem ihnen vom Hausvater angewiesenen Saale das Abendmal.

Maria bittet Jesum dreimal, ihr den Schmerz, den ihr sein Leiden und sein Tod bereiten würden, zu ersparen, und dreimal erklärt derselbe, dass dies unmöglich sei, worauf er von der klagenden Mutter tief bewegt Abschied nimmt. Nun hält er mit seinen Jüngern das Abendmal und nimmt die Fusswaschung vor. Nachdem er diese beendet, bezeichnet er Judas als Verräther und geht mit drei Jüngern auf den Oelberg.

Der nun folgende Auftritt (V. 1173—1324) zeigt uns den Verräther in der Versammlung der Juden, wo er Söldner und Werkzeuge Spiesse, Stangen etc. zur Gefangennahme Christi fordert. Christus selbst betet inzwischen inbrünstig am Oelberge und wird bald darauf daselbst gefangen genommen. Dabei setzt sich Petrus zur Wehr und schlägt einem Knechte (Malchus) das Ohr ab, welches von Jesu sofort wieder angeheilt wird. Nun drängt die Handlung entschieden vorwärts, und wir sehen im vierten (V. 1325—1370), fünften (V. 1371—1714), sechsten (V. 1715—1786), siebenten (V. 1787—1853) und achten Auftritte (V. 1854—1905) Jesum im Gerichte vor Annas, Caiphas, Pilatus und Herodes, von dem er im weissen Kleide zu Pilatus zurückgeschickt wird. Die Verhöhnungen und Mishandlungen desselben, die Verleugnung Petri und dessen Reue, sowie die Verzweiflung des Judas und das Ende desselben — [er erhenkt sich und wird vom Teufel geholt] —, die Bemühungen des Pilatus, Jesum den Händen der Juden zu entreissen, finden an geeigneter Stelle als Zwischenscenen ihren Platz. Der neunte Auftritt (V. 1906—2219) enthält die Geiselung und Krönung Christi, die Verurtheilung desselben, die Kreuztragung, die Begegnung des Johannes, der Maria und Veronica, die ihm das Schweisstuch reicht, und des Simon von Cyrene, der ihm das Kreuz tragen hilft, endlich die Kreuzigung inmitten der zwei Schächer und die Klage der Juden bei Pilatus wegen der Kreuzesinschrift „Jesus Nasrenus Rex Judaeorum".

Der letzte Auftritt (V. 2220—2448) führt uns vor, wie um den Rock Christi gelost wird, wie Christus die sieben letzten Worte spricht, wie seine Seite von Longinus mit dem Speere durchstochen und der todte Körper von Joseph von Arimathia und Nicodemus, nachdem Pilatus hiezu die Zustimmung gegeben, vom Kreuze abgenommen wird.

Das Ende (V. 2449—2468) bilden rührende Klagen Marias, die den göttlichen Leichnam auf dem mütterlichen Schosse liegen hat. Den vollen Abschluss findet das Spiel in einem kurzen Epilogus (V. 2469—2484).

[*)] Nach der Bibel (Lucas 22, 8) wurden Petrus und Johannes zu diesem Zwecke abgesandt.

Personen:

Gott Vater.	Pilatus.
Gott Sohn.	Dessen Diener.
Die Gerechtigkeit.	Eine Dienerin
Die Barmherzigkeit.	Vier Schäriger.
Adam.	Ein Scharfrichter.
Eva.	Pilati Herold.
Zwölf Engel.	Ein Hausvater.
Ein Cherubin.	Longinus.
Zwölf Apostel.	Joseph von Arimathaa.
Annas.	Nicodemus.
Caiphas.	Maria.
Zwei Procuratores.	Maria Magdalena
Zwei Consiliarii.	Maria Cleophae.
Zwei Secretarii.	Veronica.
Neunzehn Rathe.	Zwei Schächer.
Ein Herold.	Eine Kohlmagd.
Ein Diener Caiphae.	Ein Proloquens.
Herodes.	Sechs Juden zum Tempel.
Dessen Diener.	Drei Teufel

Passionsspiel.

Aria zum Anfange,
„Von der Erschaffung der Welt" anstatt einer Vorrede.

Kommet, kommet zu betrachten,
Fromme Christen, nach der Pflicht,
Wie die Werke hoch zu achten,
Die von Anfang Gott verricht't;
5. Wie er all's aus nichts erschaffen,
Engel, Himmel und die Erd',
Auch was da nur zu ergaffen,
Das hat er durch's Wort beschert.
Bevor uns hat er die Geister,
10. Ihm zu dienen, vor gemacht,
Und, was er befiehlt als Meister,
Zu bewirken. Habet Acht,
Sonderlich wann er aus Erden
Schaffen wird den Menschen dar
15. Und beseelen mit Gebärden
Nach der Gleichnus Gottes gar,
Dass er herrsche über alles,
Was die Erd' auf sich behält;
Dem die Engel ebenfalles
20. Mitzudienen Gott bestellt.
Dem sich bald widersetzte
Lucifer der erst' voran,
Und darzu noch mehr' anhetzte.
Was erfolgt' auf diesen Wahn?
25. Gott stürzt' ihn sammt den Gesellen

---

7. ergaffen = erschauen, sehen. — 8. bescheren = schenken, verleihen. — 10. vor = vorher, früher, wie öfter. — 13. sonderlich = besonders. — 14. dar = da, wie öfter. — 15. mit Gebärden = mit selbstständiger Bewegung und Thätigkeit. — 16. Gleichnus, die, = Aehnlichkeit, Ebenbild; gar = ganz, wie öfter. — 19. ebenfalles = ebenfalls. — 21. deme = dem.

In die ew'ge Höllenpein,
W'ie gebühret den Rebellen,
Die Gott nicht gehorsam sein.
Ihre Stell' wird nun ersetzet
30. Aus der frommen·Menschen Zahl.
Ach, dass wir auch so ergötzet
Würden in dem Himmelssaal!

‖ Erster Auftritt. ‖

Das Paradeis wird praesentiert [durch einen stattlichen grünen, mit Aepfeln behangenen Fichten-
oder Tannenbaum. Es treten auf: Gott Vater, Gott Sohn, die Gerechtigkeit, die Barmher-
zigheit und die Engel, im Hintergrunde ist der heilige Geist als Transparent etwas erhöht
angebracht.]

Ein Cherubin bringt den Adam geführt, zu welchem Gott Vater spricht :

Adam, du Ebenbild
Und Gleichnus meiner Seele,
35. Dir mit Vernunft erfüllt
All' Erdgeschöpf befehle;
Auch dieses Ort vertrau',
Den Garten aller Freude ;
Da herrsche, pflanz' und bau'
40. Zu eignem Nutz und Weide.
Du kannst im Paradeis
Von allen Bäumen essen,
Nur einen dir verweis',
Der mitten steht ermessen,
45. Erkanntnus-Baum genannt
Des Guten und des Bösen ;
Sonst thust du dir zuhand
Den Tod selbst auserlesen.
Du sollst auch alles Ding

---

28. sein = sind. — 36. befehle = übergebe ich. — 37. dieses Ort vertrau' = diesen Ort ver-
traue ich (dir) an. — 38. Garten aller Freude = Paradies. — 40. Weide = Lust, Freude. —
43. verweis' = verweise, verbiete ich. — 44. steht ermessen = bemerkt, gesehen wird. — 45. Er-
kanntnusbaum = Erkenntnisbaum. — 47. zuhand = sogleich. — 48. auserlesen = aussuchen,
zuziehen.

50. Nach seiner Art benennen,
Dass auf dein Wort und Wink
Mög' jedes dich erkennen.

Adam:

Mein Schöpfer, Gott und Herr,
Dein Knecht hört dein Befehlen,
55. Dass er mit Dank gewähr',
Zu was ihn thust erwählen,
Und was du haben wilt,
Muss nach dem Wort' geschehen.
Ich als dein Ebenbild
60. Werd' niemals mich vergehen.

Hier thut Adam jedes Geschöpf betrachten und benamen. Darnach legt er sich nieder und schlaft. Unterdessen muss musiciert werden. Darauf spricht Gott Vater:

Es ist nicht gut allein
Dem Menschen so zu leben,
Lasst uns ihm aus sei'm Gebein
Ein Gehülf machen und geben.

Eva steht auf und Gott erweckt den Adam sagend:

65. Adam, wach' auf und sich,
Was ich dir jetzt verehre.
Desgleichen hast noch nie;
Drumb ihm ein Nam' gewähre.

Adam:

Ach Herr, das ist nun Bein
70. Von meinen Beinen geben,
Und Fleisch von meinem Fleisch,
Mit mir eines zu leben.
Ihr Nam' soll Männin sein,
Weil sie vom Mann genommen.

Gott Vater:

75. Des sollt' ihr euch erfreu'n
Und meinem Wort' nachkommen.

---

55. gewähren = erfüllen, leisten. — 57. wilt = willst. — 61. ff. Vgl. Genesis II. 18 —
67. nie = nichts. — 68. ein Nam gewähren = einen Namen geben. — 69. ff. Vgl. Gen. II. 23. —
72. eines = einig, einstimmig.

2*

20

|| Zweiter Auftritt. ||

*Lucifer kommet auf der untern Seit' [und leihet seinem Neide gegen die neuen Geschöpfe,
die unterm Baume stehen, Worte.]*

O mich elenden Geist!
Mit meiner Anhangsband',
Wie bin ich nun verwaist
80. Von Himmels Reich und Land'.
Was hab' ich mir gedacht
Durch meinen Hoffartssinn,
Da ich doch wolgeacht't
Von Gott erschaffen bin.
85. Wie ist mein Schönheitsglanz
Wie Kohlen abgelöscht,
Die Hölle hat mich ganz
Mit ihrem Dunst beäscht.
Nun sieh ich noch zum Gräu'l
90. Ein neu Geschöpfe an,
Das erben soll zum Theil,
Was wir verscherzet han,
Ein Mensch von Erd und Koth,
Von Gottes Geist beseelt,
95. Das ist zu meinem Spott,
Drum mich der Misgunst quält;
Doch will ich ihn mit List
Von dieser Würd' abführ'n,
Dass er's nicht geniesst,
100. Was ihn sollt' ewig zier'n.

Nun zieht er von sich die Schlange auf den Baum und sagt dahinter statt der Schlange:

Warumb verbiet't euch Gott
Von diesem Baum die Frücht'?

---

82. durch meinen Hoffartssinn = in meiner Hoffart, meinem Hochmuthe. — 88. beäschen = mit Asche bedecken, mit Dunst beäscht = mit falschem Scheine erfüllt. — 92. han = haben. — 90. der Misgunst = jetzt allgemein die Misgunst. — 98. abführen = ablenken, entfernen.

Ein wunderlich Gebot,
Womit er euch verpflicht't.

5. Der Baum so edel ist,
Dass ihr all's wissen könnt;
Drumb ihr davon geniesst;
Dann Gott euch nicht vergönnt,
Dass ihr ihm gleich sollt sein
10. In Wissen und Verstand.
Förcht euch doch keiner Pein,
Verkost't die Frucht zuhand.

Eva:

O wol, ein' schöne Frucht,
So uns verboten ist,
15. Die mein Gesicht versucht,
Dass mich darnach gelüst't,
Zu kosten diesen Saft,
Der mich so süss anlacht,
Zu haben solche Kraft,
20. Die uns als Götter macht.

Eva kostet die Frucht und sagt:

Ach, ach, wie gut, wie süss,
Wie lieblich der Geschmack!
O Adam, mit mir iss
Und mir es nicht versag'!

Adam:

25. Mein' Eva, glaube nicht
Der Schlangen falsche Red',
Des Todes Pfeil mich sticht,
Wann ich das Übel thät.

Eva:

O Adam, liebster Mann,
30. In dieser Furcht nicht schweb',

---

104. womit er euch verpflicht't = das zu halten er euch zur Pflicht macht. — 111. förcht
euch keiner Pein = fürchtet euch vor keiner Qual, Marter. — 120. als Götter = zu Göttern,
Göttern gleich. — 127. des Todes Pfeil sticht mich, = der Tod trifft mich.

Sieh doch dein' Evam an,
Dass sie noch fröhlich leb'.

Adam:

Weil dich dann nicht der Tod
Durch diese Frucht vergift't,
35. So sei's, dass das Gebot
Der Straf' mich auch nicht trifft.

Adam nimmt von Eva die Frucht und isst.

Lucifer:

Ach wol, mein Fund ist angeschlan,
Das Weib verführet selbst den Mann;
Sonst wär' es gangen allzu schwer,
40. Wann nicht das Weib genaschig wär'.

Adam:

O weh der Scham und Schand',
Wie bin ich ganz entblösst!
Wie arm ist nun mein Stand,
Worein die Sünd' mich stösst.
45. Was hab' ich mir gedacht
In meinem dummen Sinn,
Dass ich des Höchsten Macht
So ungehorsam bin.
Von Gottes Zorngesicht
50. Wo soll ich fliehen hin,
Dass er mich sehe nicht,
Weil ich jetzt nackend bin?

Adam mit Eva gehet unterserits gen Wald sagend:

O grüner, finstrer Wald,
Dein'n Schatten mir vorstreck,
55. Gib Laub und Blätter bald,
Dass ich mein' Scham bedeck'.

---

137. mein Fund ist angeschlan = meine List ist angeschlagen, gelungen. — 140. genaschig
= naschhaft. — 143. Wie arm ist mein Stand = wie elend, unglücklich ist mein Zustand, meine
Lage. — 146. dumm = unbesonnen, vermessen.

|| **Dritter Auftritt.** ||

Gott Vater:

Adam, wo bist du?

Adam:

Ich hab' gehört dein' Stimm'
Und habe mich gefürcht ;
60. Dieweil ich nackend bin,
So habe mich verbergt.

Lucifer:

O allgerechter Gott!
Dir klag' ich Adam an,
Der wider dein Gebot
65. So schwere Sünd' gethan ;
Er hat gessen die Frucht,
Die du verboten hier,
Nun sei er auch verflucht
In Ewigkeit mit mir.

Die Gerechtigkeit:

70. Allmächt'ger Gott und Herr!
Der Satan redet wahr ;
Des Menschen Sünd' ist mehr,
Als jener Engelschar.
Der Engel Hoffart tracht't'
75. Der Gottheit gleich zu sein,
Der Mensch auch solches dacht',
Und dieses nicht allein ;
Nebst seiner Hoffartssucht
Ist er ein Dieb anbei,
80. Weil er verkost't die Frucht
Wider's Gebot ohn' Scheu,
Welches ihm angedeut't,
Dass er sonst sterben müsst' ;
Drumb' kein' Barmherzigkeit
85. Mit ihm zu haben ist.

---

100. dieweil = weil. — 161. habe verbergt = ich habe verborgen. — 172. mehr = grösser. — 173. als jener Engelschar = als die (Sünde) jener Engelschar. — 179. anbei = nebenbei.

Die Barmherzigkeit:
Ich hatt' mein Herzenleid
Schon an dem Engelfall;
Soll' auch Gerechtigkeit
Der Mensch erfahr'n zumal,
90. Wie würd' ich noch vielmehr
Im Herzen leiden Pein;
Straf nicht, o Gott, so sehr,
Thu doch dem Mensch verzeih'n.

Die Gerechtigkeit:
Geziemen will sich's nicht,
95. O göttliche Majestät,
Dass anders werd' gericht't,
Als wie dein Spruch besteht.

Die Barmherzigkeit:
Soll' dann ein ganz Geschlecht
Weg'n einem untergeh'n,
200. Und wann es auch schon recht,
Was Jammer würd' entsteh'n!
Gedenk, dass Adam nicht
So leicht gesündigt hätt',
Wenn nicht das Schlang'ngezücht
5. Ihm fälschlich vorgered't.
Er hat auch nicht erkannt
Die Sünd' vor'm Apfelbiss,
Drum deine Gnadenhand
Dem Adam nicht verschliess.

Die Gerechtigkeit.
10. Wann du die Sünd', o Gott,
Dem Adam thät'st verzeih'n,
So würd' er dein Gebot
Zu keiner Zeit nicht scheu'n.

Die Barmherzigkeit:
Mein Gott, stell' doch ein Ziel
15. Und straf ihn mit der Zeit,

_____

201. was Jammer = was für ein, welch ein Jammer. — 214. stelle ein Ziel = bestimme eine
Zeit, Frist. — 215. mit der Zeit = mit einer zeitlichen Strafe.

Dass g'scheh' nach deinem Will',
Nur nicht in Ewigkeit.

Die Gerechtigkeit:

Unendlich ist die Sünd',
So muss die Straf' auch sein;
20. Und wann's auch Gott beginnt
Dem Adam zu leih'n,
Wo blieb' denn sein Geschlecht,
Das in die Sünd' gestürzt?
Ein Sünder ist zu schlecht,
25. Dass er die Straf' abkürzt.

Die Barmherzigkeit:

Weil ich bekennen muss,
Dass's nicht geschehen mag,
So Adam gleich thät' Buss'
Dafür sein' Lebens Tag',
30. Drum Gott ein'n Engel schick',
Der leid' für Adams Sünd'
Und sein Geschlecht vom Strick'
. Des Satans wiederbind'.

Die Gerechtigkeit.

Wann dieses sollt' gescheh'n,
35. Würd' den Erlöser mehr,
Als Gott der Mensch ansieh'n;
Drob find'st noch kein Gehör.

Die Barmherzigkeit knieend:

O barmherziger Gott!
Nun folgt mein' grösste Bitt',
40. Du woll'st in dieser Noth
Erzeigen deine Güt',
Nimm selbst dich's Sünders an

---

221. leihen = schenken. — 232. f. Ueber die Fesslung der dem Teufel Verfallenen sieh
Mone, Schausp. d. M. I. S. 268. Grimm Mythl. II. 964. In unserem Stücke vgl. nach V. 858. Auch
in dem schles. Osterspiele bei Hoffmann von F., Fundgruben II. 306 wird von Stricken des Teufels
gesprochen. — 237. drob = darum. —

4

Und/thu genng/für ihn,
Weil sonst kein andrer kann
45. Dein'n Zorn zurückezich'n.

Gott Vater:

O mein' Barmherzigkeit,
Das kann unmöglich sein,
Dass sterbe die Gottheit,
Noch leide je ein' Pein.

Die Barmherzigkeit:

50. Wol nicht die Gottheit kann
Im Geist' annehmen Leid,
Sie zieh' die Menschheit an,
Die sie zur Pein darbeut.

Die Gerechtigkeit:

Das geb' ich gar nicht zu,
55. Weil's wider Ehr' und Recht,
Dass der Herr leiden thu'
Für den verdammten Knecht.

Die Barmherzigkeit:

Dass diesem also wär',
Gibt es nur einen Schein,
60. Doch wird's der Ehr' je mehr
Zu gröss'rem Ruhme sein;
Wann Mensch und Engelschar
Dies Wunderwerk wird seh'n,
Muss solche immerdar
65. Sich dir zu Dank versteh'n.
Auch die Gerechtigkeit
Kommt klärer an das Licht,
Weil Gott sich selbst in's Leid
Zur Abstraf' unterzieht;
70. Dahero bitte ich,
Erhöre mein Begehr,
Und nimm dies Werk auf dich
Zu deiner gröss'ren Ehr'.

---

207. klärer = klarer, deutlicher. — 269. Abstrafe = Abstrafung, Bestrafung. — 271. Begehr
= Begehren, Verlangen.

Alle Engel knieend:
O scharf's, göttliches Herz!
75. Nimm diese Bitt' doch an,
Es wird ja gar kein Schmerz
Dadurch dir angethan:
Lass die Barmherzigkeit
Erlangen die Gnad',
80. Drumb wird in Ewigkeit
Gelobt deine Wolthat.

Gott Vater:
Damit dann all's erkennt
Im Himmel und auf Erd'
Meine Güte ohne End',
85. So sei dein' Bitt' gewährt.

Gott Sohn:
Ich bin darzu bereit,
Ach, liebster Vater mein,
Dass ich in der Menschheit
Erfüll' den Willen dein.

Gott Vater:
90. Es ist mir lieb, mein Sohn,
Doch wird dir's übel geh'n.
Wirst müssen Spott und Hohn,
Ja sogar den Tod aussteh'n.

Gott Sohn:
Ich duld' gern alles Leid,
95. Wie's immer mag ergeh'n,
Dass deiner G'rechtigkeit
Genügen kann gescheh'n.

Gott Vater:
Obschon nun Adam wird
Der ew'gen Straf' befreit,
300. Sei er doch judiciert
Zum zeitl'chen Tod und Leid,

274. scharfes = strenges, — 288. in der Menschheit = In menschlicher Natur. — 299. der ew'gen Straf' = von der ewigen Strafe. — 300. judiciert = verurtheilt.

2*

Wie auch sein ganz Geschlecht
Mit ihm auf gleiche Weis'
Soll haben nicht das Recht,
5. Zu sein im Paradeis.

Ein Cherubin mit dem Schwerte kommt oberseits:
Hervor, hervor, verschämtes Paar!
Was habt ihr euch versteckt sogar?
Wollt ihr entgehen Gott's Gericht?
O Thoren, das gedenkt euch nicht!
10. Das Urtheil ist im Himmelszelt
Zum ew'gen Tod für euch gefällt;
Doch hat Gottes Barmherzigkeit
Erwogen die Gerechtigkeit.
Dass ihr verschonet seid davon,
15. Das sollt ihr danken Gottes Sohn,
Der nehmen wird die Menschheit an,
Dass er für euch g'nug leiden kann
Verfolgung, Marter, Hohn und Spott,
Ja endlich gar den bittern Tod.
20. Dann wird er wieder aufersteh'n
Und glorreich in den Himmel geh'n.
Nun obschon dies für euch geschicht,
So ist's euch gar geschenket nicht:
Es soll in Elend, Angst und Noth
25. Adam erbau'n das liebe Brot,
Und Eva soll mit Schmerz und Pein
Gebären ihre Kinderlein.
Verhalt't euch stets nach Gott's Verweis'
Und packt euch aus dem Paradeis.
Jagt sie unten hinaus.

Moral gegen das Volk:
30. Ihr aber, die dies angeseh'n,
Lasst's euch recht tief in's Herze geh'n,
Betracht't, wie streng sei Gott's Gericht,
Drum lebet fromm und sünd'get nicht.
(Geht oben hinein. Zugssegen).*

---

313. erwogen = überwogen. — 32ⁿ. Verweis = Verbot. — *) Die Scheidung der drei ersten
Auftritte wurde nach dem Obergrunder und Einsiedler Weihnachtsspiele vorgenommen.

Prologus oder Vorred' von der ganzen Vorstellung:
    Ihr frommen Christen gross und klein,
35. All' wie sie hier zugegen,
    Euch höflich heiss' willkommen sein;
    Bitt', wollt es fromm erwägen,
    Was ich mit wen'gen Worten sag'
    Und ihr im Werk' werd't sehen,
40. Da man euch kürzlich gibt an Tag,
    Was längstens ist geschehen.
    Zuvor ist worden vorgestellt,
    Wie Gott Adam erschaffen
    Und Eva ihm auch zugesellt;
45. Dann, wie sie sich vergaffen
    An jener Frucht der Wissenschaft
    Des Guten und des Bösen,
    Weil sie geglaubt, dass Gottes Kraft
    In dieser zu erlesen;
50. Wie sie dann von der Straf' befreit,
    Die sie ewig verschuldet.
    Das wirkte die Barmherzigkeit,
    Die Gottes Zorn behuldet.
    Es will des ew'gen Vaters Sohn
55. Sich selbst zum Opfer geben,
    Annehmen unser Fleisch zum Hohn
    Und aufsetzen sein Leben,
    Damit er uns in'n Gnadenstand'
    Bei seinem Vater setze
60. Und alle in dem Himmelsland'
    Als Erben mit ergötze.
    Wie lang aber hat sich die Zeit,
    Viertausend Jahr', verzogen!
    Was hintertrieb dann diese Freud'?
65. Die Sünden hans erwogen.
    Mit Sündflut, Feuerregen gar,

---

339. im Werk = in der That. — 340. kürzlich = in Kürze. Die Zusicherung der Kürze findet sich auch V. 577, begegnet „überhaupt im alten Schauspiele öfter". Weinhold a. a. O. 135. — 346. Wissenschaft = Kenntnis, Erkenntnis. — 349. zu erlesen = zu suchen, zu gewinnen. — 352. wirkte = bewirkte, brachte zu Stande. — 353. behulden = versöhnen. — 356. zum Hohn = dass es verhöhnt, verspottet werde. — 357. aufsetzen = aufs Spiel setzen. — 358. Gnadenstand = Zustand der Gnade. — 365. hans erwogen = haben sie (die Freude) vereitelt.

Pest, Hunger, Kriegszeiten
Straft' Gott die grosse Sünderschar
Und setzt' die Gnad' bei Seiten.

70. Ach, wie viel tausend Seelen sein
Den Höllenweg gegangen!
Die Frommen mussten auch ohn' Pein
Im Kerker sein gefangen.
Sie ruften stets: Steig' doch herab

75. Vom Himmel der Gerechte!
Ach Vater, sende doch die Gab',
Erlös' uns treue Knechte.
Als dann dies Rufen wurd' erhört,
Und Christus wollt' ankommen,

80. Hat er von einer Jungfrau werth
Die Menscheit angenommen
Durch Kraft des heil'gen Geistes gar,
Weil sie kein'n Mann au'rkennet,
Die zwar vermählt mit Joseph war;

85. Dem ward er nach genennet
Ein Sohn des Joseph insolang,
Wie lang nur Joseph lebte;
Dies musst' auch sein zum Ehrenklang',
Dass ihm kein Hohn anklebte.

90. Nachdem durch ganzer dreissig Jahr'
Die Menschen so gemeinet,
Macht er sich der Welt offenbar,
Mit Wunderwerk' er erscheinet:
Er heilt die Kranken ohn' Begehr,

95. Die Blinden macht er sehen,
Den Tauben gibt er das Gehör,
Die Lahmen heisst er gehen,
Die Teufel treibt er aus zur Stund',
Die Todten macht er leben;

400. Durch diese Wunder ward er kund,
Dass er von Gott gegeben.
Drum lief das Volk ihm häufig nach,

---

372. Die Frommen ... im Kerker = die Altväter ... in der Hölle. — 374. Vergl. Isaias 45, 8.
— 383. erkennet = erkannt (hat). — 385. dem ward er nach genennet = nach diesem ward er
genannt. — 398. zur Stund = sogleich. — 402. häufig = haufenweise, zahlreich.

*

Zu sehen Wunderzeichen;
Dabei lehrt' er sie allgemach
5. Den Himmel zu erreichen.
Weil dann die Lehr' und That zugleich
Einstimmiglich bezeugten,
Dass er gesandt aus Gottes Reich,
Sie Ihre Herzen neigten
10. Und sprachen: Wahrlich, dieser ist
Messias, der verheissen,
An den wir glauben dieser Frist,
Als Gottes Sohn ihn preisen.
Darwider ward das Priesterthum
15. Der Juden ganz ergrimmet,
Weil ihn'n abfiel all' Ehr' und Ruhm,
Ihr Glaub' ward' auch verstimmet.
Sie glaubten, dass Messias sollt'
Herrlich geboren werden,
20. Der als ein König herrschen wollt',
Wie Könige auf Erden.
Drum gieng es nicht in ihr Gehirn,
Weil er in Armut lebte;
Der Hochmut macht' ein solch Verwirr'n,
25. Dass sie ihn zu tödten strebten,
Besonders gar, als er fürwahr
Als König Einzug hielte,
Und ihn begleit't' ein' grosse Schar,
Wie vorgesagt, erfüllte:
30. Mit vollem Grimm zum Temp'l er lief,
Der Wechsler Tisch' umkehrte,
Ja endlich eine Peitsch' ergriff,
Den Wucher da verwehrte.
Sobald nur dieser Tort gethan,
35. Ward' gleich ein Rath gehalten,
Wie man umbring' diesen Mann,

---

407. einstimmiglich = einstimmig. — 412. dieser Frist = zu dieser Frist, Zeit. — 416. abfallen = verloren gehen. — 417. verstimmet = in seiner Grundstimmung, in seinem Wesen angegriffen. — 432. Peitsche = Werkzeug zum Schlagen, (gewöhnlich aus einer Schnur bestehend, die an einem schwanken Stiele festgeschlungen ist). — 434. Sobald dieser Tort gethan = Sobald diese sie benachtheiligende That geschehen war.

Der wider sie wollt' schalten.

Judas, ein Jünger Jesu gar,

Als er den Rath vernommen,

40. Stellt' sich als ein Verräther dar

Für's Geld, ihn zu bekommen,

Den er nach dem Ostermal

Im Garten gab gefangen,

Als er geholt die Wächterzahl[1]

45. Mit Spiessen und mit Stangen.

So ward das heil'ge Gotteslamm

Zur Schlachtbank hingeführet,

Gepresst, gequetscht, gleich einem Schwamm,

All Blut es gar verlieret

50. Durch Geiselstreich, durch Dönnerstich,

Womit sein Haupt gekrönet.

O weh, wie gräu'ch befund es sich,

Wie hart ward' es verhöhnet!

Dann legt' man ihm ein Kreuze auf,

55. Bis zur Gerichtsstatt zu tragen.

Wie oft fiel er in diesem Lauf!

Wer kann sein' Pein erfragen!

Als er dann an das Kreuz geheft't

Und in die Höh'n gehoben,

60. Da ward sein Leben schon entkräft't

Von Zittern und von Toben.

Ja, wann nicht seiner Gottheit Kraft

Ihm wäre beigestanden,

So stünd' in jeder Leidenschaft

65. Das Sterben schon vorhanden.

Dies nimm zu Herzen, frommer Christ,

Warum er all's gelitten.

Sein Sterben dir zum Leben ist;

Thu dich für Sünden hüten.

---

443. im Garten = im Garten Gethsemane. — 452. wie gräu'ch befund es sich = wie gräulich, schrecklich; in welch' schrecklichem Zustande befand es sich. — 453. hart = sehr. — 461. von Zittern und von Toben = von angstvoller und gewaltiger Erregung. — 464. stünd' vorhanden = wäre vorhanden; in jeder Leidenschaft = in, bei jedem einzelnen Leiden. — 469. für = vor, wie öfter.

|| Vierter Auftritt. ||

Anfang von der Austreibung der Wucherer aus dem Tempel.

Annas, Caiphas, wie auch Schriftgelehrte und Juden treiben allerhand Wucher im Tempel. Oberseits.

Procurator L.:

70. Adonai, sag' an, Mandel,
Was verlangst for ein'n Handel?
Hast gute Thaler, brings bald her
Umb vierzig Groschen ohn' Beschwer.

Mandel:

A ja wol, es kann ja so nicht sein,
75. Musst noch was geben drein.
Es seind lauter blanke Thaler,
Gib noch auf sechzig Haller,
Sieh zu, ich will dirs gleich aufzaala,
Die Thaler werda auch wol gefalla.

Löbel gegen Moises:

80. Moises, wie wilt du dan Zeug loossa?
Ich waass an Handel, wir wolla stoossa.

Moises gegen Löbel:

Nimm's Stückl for sechs Thaler hin;
Du kriegst daran an guten Gewinn.

Löbel gegen Moises:

Hör', hör', was ich sprich:
85. Ich traff mit dir an sette Stich;
Ich naams halt for vier Thaler an,
Gaab halb Geld, halb Safran.

---

470. Adonai (hebr.) = Gott. — 471. for = für, wie öfter. — 472. brings = bring sie (die Thaler). — 475. dreingeben = zugeben, zusetzen. — 476. seind = sind. — 478. dirs = dir sie; aufzaala = aufzählen. — 479. werda gefalla = werden gefallen. — 480. wie wilt du dan Zeug loossa? = wie theuer willst du den Zeug, die Leinwand, ablassen, verkaufen? — 481. waass an = weiss einen; wolla stoossa = wollen stossen; stossen (im Jüdisch-Deutsch) = ein Tauschgeschäft, einen Handel, bei dem Waare um Waare gegeben wird, abschliessen. — 482. Stückl = Stückchen (Leinwand, bei uns 28 bis 30 Ellen lang). — 483. kriegst = erhältst. — 485. traff = treffe; sette = solche; Stich (im Jüdisch-Deutsch) = Tauschgeschäft. — 486. naams = nehme es; halt = eben, eben nur. — 487. gaab = gebe.

Moises gegen Lobol:

Geh, lass uns zusomma treta
Und hin geh'n, die Sach' abreda.

Isaak gegen David:

90. Adonai, Adonai, Adonai,
Gib du mir a, ich gib dir drei.

David gegen Isaak:

Apfa a schala machei,
Deukst, dass ich a Goi sei;
Hör' zu, ich will dir aaba
95. For acht Tauben zwei Hünner gaaba.

Isaak gegen David:

A, das lass ich nicht, ich lass sie broota,
Ich kann deines Handels gut entroota.

Der arme Joseph:

A, war braucht Safran, brääte Band,
Komm' her, ich hab' all's zur Hand,
500. Ich will's im an leichta Preis hingaaba,
Bin arm, hab' nichts zu laaba.

Jesus kommt mit seinen Jüngern, stösst aus die Krämer und Wucherer, sagend:

Jesus:

Ihr Krämer und Wuch'rer insgemein,
All' die hier versammelt sein,
Saget an, wer hat euch vergunnt
5. Zu treiben hier Venanzerkunst?
Geht aus mit eurer Krämerei,
Merket und vernehmt dabei:

---

488. zusomma treta = zusammentreten. — 491. a = ihn (den Zeug, das Stückchen Leinwand).
— 492. Apfa a schala machei; Wahrscheinlich verstümmelt aus hebr. „Appi a schalach bachem" =
mein Zorn treffe euch, oder aus hebr. „Appi a schalach mehem" = ich wende mein Gesicht von
euch ab. — 493. Goi = Nichtjude, Christ. — 494. aaba = eben. — 496. broota — braten. —
497. entroota = entrathen. — 498. brääte Band = breite Bänder. — 500. im an leichta Preis
hingaaba = um einen geringen Preis hingeben. — 501. laaba = leben. — 502. insgemein = ohne
Ausnahme und Unterschied. — 504. vergunnt = erlaubt. — 505. Venanzerkunst = Finanzkunst, Wu-
cherei.

Es steht geschrieben in der Schrift,
Wie dass mein Haus ein Bethaus ist;
10. Ihr macht's aber gleich, als ich sieh,
Ganz einer Mördergruben hie.

Caiphas antwortet:

Wer hat gegeben dir die Macht,
Zu predigen ganz unbedacht?
Du weisst, dass wir allhier regieren,
15. Und niemand vor sich selbst soll rühren,
Er habe dann von uns Vergunst;
Du aber acht'st uns als ein'n Dunst.

Jesus:

Hör't, ich will euch umb ein Wort fragen,
Könn't ihr mir darauf Antwort sagen?
20. Mein! saget an und löset auf,
Woher war dann Joannis Tauf?

Caiphas:

Dessen haben wir keinen Grund,
Drumb kann's nicht sagen unser Mund,
Sondern halten das alte Gesetz,
25. So durch dich jetzund wird verletzt.

Jesus:

Weil ihr nicht wollt die Wahrheit sagen,
So gehet fort, thut mich nicht fragen,
Ihr Venanzer- und Wuchergesind,
Gehet fort von hier geschwind;
30. Heiliget das Ort, gebt Gott die Ehr'
Und lasst euch keiner ertappen mehr,
Dergleichen Sachen hier zu practicieren,
Den heiligen Ort so zu schimpfieren.

---

509. ff. Vgl. Matth. 21, 13. — 510. als ich sieh = wie ich sehe. — 516. Vergunst = Erlaubnis. — 517. als ein'n Dunst = für nichts, sehr gering. — 520. Mein (Gott!) = Partikel der Frage und Verwunderung; auflösen = erklären. — 522. Dessen = dafür. — 525. jetzund = jetzt. — 528. Venanzer- und Wuchergesind = verschmitztes, betrügerisches Gesindel. — 532. practicieren = ausüben. — 533. schimpfieren = schimpfen, verhöhnen.

Jesus treibet die Juden und Verkäufer aus. Alle Juden schreien:
Adonai, Adonai, wie soll das sein?

35. Wir müssen den Handel stellen ein
Oder den Pharisäer vertreiben,
Tödten und ganz aufreiben. *Zugezogen.*

Vornen.

Jesus beklaget und beweinet Jerusalem:
O Jerusalem, Jerusalem!
Die du verfolgest Bethlehem,

40. Tödtest und steinigst die Propheten,
So gesandt sein, dich zu erretten,
Wie oft hab' ich wollen versammlen dich,
Wie eine Henne ihre Jungen unter sich,
Wie oft hab' ich dich wollen lehren,

45. Vom Bösen zum Guten bekehren!
Du aber hast es nicht erkannt,
Starrhalsig von mir abgewandt.
Nimm wahr, dein Haus wird werden wüst,
Dass kein Stein auf dem andern ist.

50. Es kommt, dass du mich nicht wirst seh'n,
Der Zeiten aber nach mir seh'n.
Gesegne dich Gott, Jerusalem,
Bewein', beklage Bethlehem.

Jesus gehet aus der Stadt, spricht unterwegs zu seinen Jüngern:
Ihr wisset, dass nach zweien Tagen

55. Bereits die Ostern sich zutragen.
Nehmet wahr, da wird des Menschen Sohn
Ueberantwortet zu Spott und Hohn,
Ja gar zu des Kreuzes Tod.
O Schmerz, o Angst, o grosse Noth!

Oberseits. Maria kommt Jesu entgegen, redet ihn an:
60. Ach, mein allerliebster Sohn!
Was Leid hast du mir angethon,
Dass du so lang heunt in der Nacht
Nicht kommen bist. Ich hab' gedacht,

---

537. aufreiben = vernichten. — 551. der Zeiten = mit der Zeit.

Du sei'st von Juden angegriffen
65. Oder gefänglich hingerissen.

Jesus tröstet Mariam:
Mutter, nicht betrüb' dich so hoch,
Denk', dass mein' Stund' nicht kommen noch.

Maria gegen Petrum und Joannem:
Ihr lieben Jünger, ich sehe wol,
Dass ihr seid Leid und Kummer voll;
70. Wisset ihr etwas von meinem Sohn,
Sagt es mir an, ich bitt' euch schon.

Petrus gegen Mariam:
O Mutter mild, wir wissen nicht,
Was deinen Sohn für Leid anficht.

Joannes gegen Mariam:
Gar wol steht's nicht mit seiner Sach',
75. Den Vorschlag dir du selber mach'.

Scena L

Merk' auf nunmehro, frommer Christ,
Was kürzlich bald zu dieser Frist
Dir vorgestellt wird werden:
Des grossen Gottes liebster Sohn,
80. Der uns zu lieb sein's Vaters Thron
Verliess und kam auf Erden,
Der weiss und sieht, was Unglücksstand
Jerusalem und ganz Judenland
For Sünden soll erleiden,
85. Indem es so viel Sünd' gethan
Und gleichwol noch nicht fanget an
Sein'n Sündenstand zu meiden,
Ja ist noch lustig, scherzt und lacht
Und all sein Unglück nicht betracht't,
90. Aus Mitleiden thut er weinen. *Aufgezogen.*

---

565. gefänglich hingerissen = gefangen genommen. — 571. schon = schön. — 573. anfechten = überfallen, beunruhigen. — 575. Vorschlag = Ueberschlag, Berechnung. — 582. ff. was Unglücksstand etc. = in welche unglückliche Lage Jerusalem und ganz Judenland wegen seiner Sünden gerathen soll. — 287. Sündenstand = sündhafter Zustand.

Die Juden || *Annas, Caiphas, zwei Consiliarii, zwei Secretarii und die 19 Räthe* || *halten Rath.*

I. Secretarius:

Beliebte Herrn! es ist nun Zeit,
Dass man zu dämpfen sei bereit
Den Nazarener, der zumal
Mit Wundern lehret ohne Zahl.
95. Lassen wir ihn noch länger hin,
So glaubt das ganze Volk an ihn,
Dass er Messias, Gottes Sohn,
Da man doch weiss, wo er gebor'n;
Ja möchten gar kommen die Römer-Leut'
600. Und nehmen Ort und Volk zur Beut'.
Was Rath? was Rath? wolweise Herrn,
Dass wir nicht gar zu Schanden werd'n.

I. Joram:

Lässet ihn zuvor bekennen,
Eb' wir ihm die Straf' erneunen.

II. Lamech:

5. Lasset uns ihn also strafen
Wegen seiner neuen Lehr',
Dass er weiters was zu schaffen
Wider uns nicht mehr begehr'.

III. Nicodemus:

Warumb wollen wir berathen,
10. Dass umbkomme dieser Mann,
Der mit seinen Wunderthaten
Fromm zu sein sich weiset an?

IV. Joseph von Arimathäa:

Schand' ist es, auch Gott zu klagen,
Dass sich niemand da vermag,
15. Für sein' Unschuld was zu sagen,
Weil der Hass schon druckt die Wag'.

---

595. hin = hingehen. — 601. was Rath? = was für einen Rath (gebet ihr)? — 604. ernennen = bestimmen, festsetzen. — 612. fromm zu sein sich weiset an = sich als rechtschaffen erweiset. — 614. dass sich niemand vermag ... was zu sagen = dass niemand es über sich gewinnt... etwas zu sagen. — druckt = drückt, niederdrückt.

V. Meha:

Wird er für gerecht erkennet,
So lasst uns ihm folgen nach;
Ist er ungerecht genennet,
20. So treibt ihn von uns gemach.

VI. Ptolomæus:

Besser ist's, dass man bei Zeiten
Das Ueble von dannen thu',
Welches machet vieles Streiten
Und verstöret unsre Ruh'.

VII. Potiphar:

25. Man soll ihn des Land's verweisen,
Weil er ein Aufrührer ist.

VIII. Theras:

Schicke man ihn fort zum Kaiser,
Dass er ihm das Urtheil liest.

IX. Ramata:

Wenn man die Gesetz' nicht haltet,
30. Braucht man auch Gesetze nicht.

X. Josaphat:

Man soll ihn, bis er erkaltet,
Mit Gefängnus strafen tücht.

XI. Sabatha:

Kein Gesetz thut je verdammen,
Wann kein' Ursach' recht besteht;
35. Drumb lasst uns ihn hör'n zusammen,
Ob sein' Lehr' zur Folge geht.

XII. Sadintha:

Er sei recht gleich, wie viel' meinen,
Weil er das Gesetz nicht hält,
Thut er doch als unrecht scheinen;
40. Drumb sich keiner zu ihm stellt.

---

622. von dannen thun = entfernen, beseitigen. — 624. verstöret = zerstöret, störet. — 631. erkaltet = in seinem Eifer nachlässt. — 632. tücht = tüchtig, mit Kraft. — 636. ob sein' Lehr' zur Folge geht = ob seine Lehre ihre Begründung hat. — 637. er sei recht gleich = er sei immerhin gerecht. — 639. als unrecht scheinen = ungerecht erscheinen.

XIII. Achias:

Unverhört, wär'n wir zu spotten,
Dass man's Todesurtheil spricht.

XIV. Sabbas:

Lasst uns diese Pest ausrotten,
Die das Vaterland anficht.

XV. Rabanes:

45. Was ein Aufrührer verdienet,
Das soll ihm zur Strafe sein.

XVI. Simon der Aussätzige:

Ohn' Verhör es sich nicht ziemet,
Das Gesetz spricht selbst das Nein.

XVII. Diarabias:

Er hat ja das Volk erreget,
50. Darumb ist für ihn kein' Huld;
Jeder ihm den Spruch aufleget,
Dass er hat den Tod verschuld't.

XVIII. Ehieres:

Leutverführer müssen sterben,
Wären sie gleich sonsten fromm.

XIX. Riabar:

55. Dies Gesetz heisst ihn verderben,
Sterben, sterben sei sein Lohn.

Caiphas:

Es ziem' sich eh, dass ein Mensch sterb',
Als dass das ganze Volk verderb'.

---

641. f. = das Todesurtheil zu sprechen, ohne ihn verhört, ausgefragt zu haben, wäre ein Spott, eine Schande für uns. — 645. Aufrührer = Empörer. — 648. = Das Gesetz selbst verbietet es. — 649. erreget = aufgeregt. — 650. Huld = Versöhnung, Gnade. — 651. ihm den Spruch auflegen = die Beschuldigung gegen ihn aussprechen. — 654. fromm = rechtschaffen, unschuldig.

(Fortsetzung im nächsten Jahrgange.)

Anton Peter.

kommet, kommet zu be — trach-ten, frome Christen, nach der Pflicht, wie die Werke
hoch zu ach-ten. die von Anfang Gott verricht't wie er all's aus nichts erschaffen
Engel, Himmel und die Erd', auch was da nur zu er-gaf'-fen, das hat er durch's
Wort beschert

Aria am Ölberg.

Vergl. V. 1267 ff.

Sünder, mach dich be-reit, du hast sehr ho-he Zeit; Je-sus, der
wahre Gott, jetzt rin-gel mit dem Tod: Willst sehen noch ein-mal der
Seele Lebensqual, eil' nur fein hurtig her, eil' nur fein hur-tig
her, in Todsangst lieget er ..., in Todsangst lieget er.

Teufelslied nach der Verzweiflung Judæ.

Vergl. V. 1703 ff.

Frohlocket, ihr Geister, all'zugleich, jetzt bekomen wir das Judenreich zu der Stund' in'n

Aria zur Geislung.

Vergl. V. 1026 ff.

Ach, wie häßlich und zerfallen ist das göttlich Angesicht; Seht, wie ist der schönst' aus allen so erbärmlich zu gericht! Seht, ihr Menschen, so zugegen, was für Schmerzen Jesus leidt, laßt euch zum Mitleid bewegen, deren ihr die Ursach' seid.

Aria zur Krönung.

Vergl. V. 1062 ff.

Sei beklagt, du Kaiserhaupt, alles Schmucks und Ehr beraubt, hoch belei, digt, hoch verhöhnet und zum Spott mit Dorn'n gekrönet, zerbohrt, zerstochen und verwundt.

Aria zur Kreuzigung.

Vergl. V. 23,31 ff.

Blauen Himmelshelle Fackel, kleide finstre Wolken an, zu be, trau, ern das Spectakel, das Jesu ist angethan, der unschuldig ganz gedul, dig hat ge, lit, ten, wie ein Lam, und sein Leben dargegeben am Kreuzesstamm.

Longini Aria.

V. 2365 ff.

Hauen, stechen, schlagen und morden ist jetzt und Soldaten Brauch hie und dort an

allen Orten; wie ichs gelernt, so lieb ichs auch. Ich will an diesem schon probie ren,

meine Lansen setzen an, und ein'n freien Stols draut führen, ob ichs Herz recht treffen kan.

www.ingramcontent.com/pod-product-compliance
Lightning Source LLC
Chambersburg PA
CBHW022205020726
47496CB00008B/2885